EL MATRIMONIO FORZADO DE MI NOVIO CON LA MAFIA

Por
Alex (MF) McAnders

McAnders Books

*****

Los personajes y sucesos descritos en este libro son ficticios. Cualquier parecido con personas reales, vivas o muertas, es coincidencia y sin intención por parte del autor. La persona o personas retratadas en la cubierta son modelos y de ninguna forma están asociadas con la creación, el contenido o el tema principal de este libro.

Todos los derechos reservados. Ninguna parte de este libro podrá reproducirse de forma alguna y por ningún medio electrónico o mecánico, incluyendo sistemas de almacenamiento de información o de recuperación, sin el permiso escrito de la editorial, excepto por un revisor que pueda citar pasajes breves en una revisión. Para obtener información, póngase en contacto con la editorial en: Alex@AlexAndersBooks.com

Derechos de autor © 2023

Sitio Web Oficial: www.AlexAndersBooks.com

Podcast: www.SoundsEroticPodcast.com

Visite el autor en Facebook
en: Facebook.com/AlexAndersBooks
Consigue 5 libros gratis al inscribirse para la lista de correo del autor en: AlexAndersBooks.com

Publicadas por McAnders Publishing

Libros de Alex (MF) McAnders

Romance masculino / femenino

Mi tutora; Libro 2; Libro 3; Libro 4; Libro 5
El Matrimonio Forzado de mi Novio con la Mafia; Libro
2
Mi tutora - Día de la graduación; Libro 3; Libro 4; Mi
debilidad - Día del Draft de la NFL

EL MATRIMONIO FORZADO DE MI NOVIO CON LA MAFIA

Capítulo 1

Dillon

Miré mi teléfono por centésima vez, deseando que sonara. Las 7:24 pm. Tyler llegaba oficialmente con 24 minutos de retraso a nuestra cita. Golpeaba ansiosamente con la pierna y mordisqueaba mi labio inferior, incapaz de aplacar el creciente malestar en mi estómago.

Esto no era propio de Tyler. Habíamos estado chateando en línea durante semanas y él parecía tan dulce, tan sincero. Realmente pensé que esto podría ser el inicio de algo real. Mi corazón se aceleraba al leer los mensajes de Tyler, al ver lo considerado que era, lo interesado que estaba en mi vida y en mis sueños. Me daba esperanzas de que quizás, solo quizás, podría encontrar un amor como el de mi mejor amiga Hil.

Hil había conocido a su novio Cali de manera tan sencilla, cayendo tan rápidamente en una relación amorosa y fluida. Sin embargo, aquí estaba yo, todavía luchando por conseguir una primera cita con un chico con quien realmente había conectado en línea. Un chico que parecía compartir mis sentimientos y comprender lo que era ser más pesada que la media y estar buscando amor.

Todo siempre parecía ser mucho más difícil para mí: llegar a fin de mes, terminar la escuela, encontrar a alguien que me amara tal y como soy. Y ahora, aquí estaba, sentada sola en el acogedor café que Tyler y yo habíamos elegido para nuestra primera cita. ¿Había malinterpretado completamente las señales con Tyler? ¿Solo estaba buscando un ligue pasajero y nada más? ¿O peor aún, me había hecho ilusiones sobre alguien que solo me estaba atrayendo con falsas promesas?

Volví a verificar mi teléfono. Las 7:27 pm. El malestar en mi estómago se retorcía con intensidad. Conteniendo las lágrimas, murmuré entre dientes, "No llores, idiota. Solo es una primera cita."

Pero era más que eso y lo sabía. Esta cita representaba algo mucho más grande, una oportunidad al amor verdadero que tanto anhelaba. La posibilidad de que alguien finalmente me viera, me deseara, me amara tal como era.

Todo lo que quería era lo que parecía llegar tan fácilmente a todos los demás: un compañero amoroso a mi lado. Pero la decepción tras decepción estaba empezando a hacer mella.

Una lágrima se escapó, rodando por mi mejilla, cuando la puerta del café sonó al abrirse. La aparté rápidamente, sintiéndome tonta. Entró una pareja atractiva, brazaletes, riendo ligeramente juntos. El nudo en mi estómago se apretó más. Él no iba a venir. Y ni siquiera valía la pena un mensaje de texto.

Tragando saliva, no podía soportar la idea de volver a mi apartamento vacío hoy con otro fracaso que agobiaría mis pensamientos. Todo lo que quería era saber qué sentía estar enamorado. ¿Era demasiado pedir?

Pero a medida que pasaban los minutos, la verdad se imponía. Había sido ingenua al hacerme ilusiones en primer lugar. Así que, con un profundo y tembloroso suspiro, cogí mi chaqueta y salí sola del café.

Capítulo 2

Remy

Me encontraba de pie en el que una vez fue el grandioso despacho de mi padre, ahora convertido en una improvisada sala de cuidados paliativos. Hil y mi madre se encontraban a mi lado, todos nosotros mirando el cuerpo sin vida de nuestro padre. El silencio era asfixiante, solo roto por los suaves sollozos de mi madre que intentaba contener las lágrimas.

La desolación me embargaba. Pero al observar las sombras que la tenue luz proyectaba en el rostro de mi padre, sentía algo más que eso. Su legado era mixto. Había pasado mi vida intentando demostrarle mi valía. Había hecho cosas de las que no me enorgullezco. Ahora que se había ido, me preguntaba si todo había sido en vano.

Hil rompió el silencio. "Organizaré el funeral. Quiero hacer esto por papá", dijo con la voz temblorosa por la emoción. Pude notar que seguía anhelando la aprobación de nuestro padre, incluso después de su muerte.

La miré, con el corazón dolido por mi hermana que tanto había luchado por escapar de la vida de crimen en la que nuestra familia había nacido. Ella no estaba hecha para ello, como lo estaba yo. Y a los ojos de mi padre, eso convertía a mi hermana menor en alguien a quien siempre se debía proteger.

Yo era diferente. Yo era el heredero esperado para su imperio. No necesitaba que me protegieran de su mundo despiadado. Los demás jefes querían a mi padre muerto. Y dada la forma en que mi padre había obtenido su poder, lo entendía.

Eso significaba que nadie en nuestra familia estaba a salvo. Hil, con su naturaleza sensible, siempre iba a necesitar a alguien que la protegiera. A padre no le importaba hacerlo, pero era obvio que quería un hijo que pudiera cuidarse a sí mismo.

Eso es lo que llegué a ser para él. Me cuidaba a mí mismo y, pronto, también me encargué de cuidar a Hil. No me importaba. Era mi hermana menor. Era mi responsabilidad. Pero ser el hombre que mi padre quería que fuera cobraba su precio.

"Gracias, Hil", dije, mi voz delataba el dolor que sentía.

Mi madre extendió la mano y apretó la mía, su contacto vibraba de una mezcla de tristeza y gratitud. Podía ver la esperanza en sus ojos de un futuro mejor, libre de la violencia y los peligros que habían acosado a nuestra familia durante tanto tiempo.

Mis pensamientos se dirigieron al pacto que había hecho con Armand Clément, el rival más despiadado de mi padre. Había aceptado entregarle los negocios ilegales de mi padre a cambio de mantener los legales y garantizar la seguridad de mi familia.

Estaríamos fuera del mundo de la mafia y bajo su protección. Era una apuesta desesperada, pero no soportaba la idea de continuar con esto sin la inmensa presión que había sentido por parte de mi padre para hacerlo.

Además, nuestra familia ya tenía mucho por lo que responder. En algún momento, iba a tener que averiguar cómo devolverle algo a la comunidad. La obsesión de mi padre por el poder había causado mucho dolor. Eso no podía ser el único legado que mi familia dejaba al mundo.

Fue entonces cuando la imagen de Dillon cruzó mi mente. Ella era la mejor amiga de Hil. Poseía unas curvas generosas, una piel ligeramente morena y un cabello rizado y suelto que soñaba con acariciar con mis dedos.

Todos esos atributos me convertían en un hombre que soñaba cada noche con abrazarla. Un hombre que fantaseaba con deslizar mi mano por debajo de su camiseta y envolver con mis grandes manos sus llenos pechos. Ella era mi ancla en los mares turbulentos que mi padre había creado y ahora, el océano que me mantenía alejado de Dillon yacía ante mí, muerto, añorado y lamentado.

Excusándome antes de que mi familia viera la sonrisa que lentamente se dibujaba en mi rostro, me dirigí a la habitación de mi infancia. No podía esperar ni un segundo más. Necesitaba escuchar su voz. Mi corazón latía acelerado ante la idea. Tenía que llamarla.

Saqué mi teléfono y busqué su número. Tomando una profunda respiración, marqué. Mi corazón latía con anticipación. El teléfono empezó a sonar y mis palmas se cubrieron de sudor.

"¿Hola?" La voz de Dillon resonó al otro lado de la línea, cálida y tranquilizadora como siempre.

"Hola, Dillon, soy Remy." Intenté mantener mi voz firme mientras hablaba. "Solo quería que supieras que mi padre… ha muerto."

"Oh, Remy, lo siento mucho." Al igual que todos nosotros, ella sabía que esto iba a ocurrir. Pero su empatía me envolvió como una ola confortadora. "¿Cómo estás llevándolo?"

Mi garganta se tensó mientras luchaba por mantener la compostura. "Estoy… sobrellevándolo," admití, con el peso de mis emociones amenazando con desbordarse. Desesperado por recuperar el control, cambié rápidamente de tema. "Escucha, me preguntaba si podrías ayudarme con algo."

"Por supuesto. ¿Qué es?"

"Hil dijo que quiere encargarse de los gastos del funeral. Creo que realmente podría necesitar tu apoyo ahora mismo."

Hubo una pausa al otro lado de la línea antes de que Dillon asintiera con suavidad. "No tenías que pedir eso, Remy. Haré lo que pueda para ayudar."

El silencio que siguió estuvo plagado de palabras no dichas, mi corazón ansiaba decirle la verdad sobre mis sentimientos por ella. Pero no podía obligarme a hacerlo, no todavía.

"Gracias. Siempre sé que puedo contar contigo," dije con una sonrisa.

"No es ningún problema, Remy. Me gusta poder ayudarte… y a Hil," me tranquilizó, su voz llena de auténtica preocupación. "Todos pasaremos por esto juntos. Solo dime qué necesitas."

Asentí, aunque ella no podía verme. "Te lo agradezco."

"Lo sé," dijo ella con confianza.

Al colgar el teléfono, me pregunté qué estaba haciendo. No tenía por qué restringirme a conversaciones de dos minutos con ella. Estaba libre. No sabía cómo se sentía ella respecto a mí, pero ya no necesitaba ocultar mis sentimientos por ella. Era hora de decírselo.

Un calor me recorrió al pensar en ello. Era una mezcla de miedo y euforia.

"Después del funeral," dije en voz alta. "Mi nueva vida empieza al final de la vieja."

Apenas podía imaginarme la vida sin ocultar y guardarme secretos, pero aquí estaba. Iba a aceptar la verdad y ver a dónde nos llevaba. ¿Podría ser tan simple estar con Dillon? No lo sabía, pero iba a averiguarlo.

Capítulo 3

Dillon

Al terminar la llamada con Remy, me quedé parada en mi apartamento con mi bolso todavía colgado al hombro. Acababa de llegar después de ser plantada en mi cita y la de Remy había sido la primera voz que había escuchado. Ya no sentía mi cara.

¿Remy me acaba de llamar? Me pregunté mientras mi corazón empezaba a acelerarse, borrando el desamor de hace una hora. ¿Cuál había sido el propósito de su llamada?

Dijo que era para conseguir que yo ayudara a Hil, pero tenía que haber sabido que yo habría hecho eso de todas formas. No, tenía que haber algo más. ¿Estaba buscando consuelo por la muerte de su padre? Porque por mucho que hubiera querido que fuésemos así, Remy y yo no éramos tan íntimos.

Entonces, ¿podría ser que el motivo de su llamada fuera algo más? ¿Podría ser que estuviera secretamente enamorado de mí y que yo no hubiera estado loca todos estos años soñando que lo estaba?

Fue por Remy que fui plantada en mi cita esta noche. Bueno, no directamente por él. Pero fue por interactuar tanto con Remy mientras Hil estaba desaparecida que noté el enorme vacío en mi vida. ¿Podría haber sido lo mismo para él?

Pensándolo, recordé inmediatamente las muchas razones por las que Remy no tendría ningún interés en alguien como yo. Para empezar, aunque normalmente no era un completo desastre, alrededor de él, lo era. Hubo dos meses después de que Hil y yo nos hicimos amigas en los que no podía formar ni una palabra en su presencia.

Tenía 14 años, no 10. Y sí, él era superatractivo, incluso entonces. Pero no había ninguna razón por la que debiera haber perdido la habilidad de hablar cuando estaba a su alrededor.

Luego estuvo aquella vez que Remy nos pilló a Hil y a mí viendo porno en la habitación de Hil. Le pregunté a Hil si había cerrado la puerta con llave, y ella me aseguró que sí. Así que, cuando Remy irrumpió, encontrándonos viendo un video en el que un tipo con cuerpo de caballo hacía cosas inverosímiles a una chica que se parecía mucho a mí, podría haberme desmayado.

Y finalmente, no olvidemos la vez que tenía 16 años y los padres de Hil me dejaron quedarme en su casa mientras la familia de Hil se llevaba a mi madre de vacaciones con ellos. Yo tenía clases, así que no pude ir, pero pensando que tenía el lugar para mí sola, monté una fiesta de baile en solitario en su ático, completa con toalla turbante y cepillo de pelo como micrófono.

Remy eligió aquel momento para pasar a revisar el lugar. No habría sido tan grave si no estuviera tan claramente excitada y tocándome. Pero lo estaba.

Mis mejillas ardían al recordar. Pero como siempre hacía, me recordaba que la humillación que había sufrido frente a Remy no tenía importancia. Porque, por mucho que me gustase fantasear con ello, un chico como Remy, con su figura de Dios griego, cabello hermoso y estatus de príncipe de la mafia, no podía sentirse atraído por una chica que se veía como yo.

Además, este no era el momento para fantasías. Necesitaba concentrarme en ayudar a Hil en este difícil momento. A pesar de su complicada relación, sabía cuánto amaba a su padre. Sí, su padre la había encerrado en su ático, nunca permitiendo que Hil tuviera una vida social más allá de mí. Pero eso no era porque su padre fuera un monstruo. Llevan una vida peligrosa.

Y, no es que su padre estuviera equivocado. La única vez que Hil escapó de la protección de su familia, terminó siendo secuestrada por uno de los rivales de su padre. Remy y el novio de Hil, Cali, tuvieron que rescatarla. El tipo disparó a Cali a cambio de dejar ir a Hil. Cali estaba bien, pero aún así. Hil y Remy vivían en un mundo loco y su padre tuvo que proteger a Hil de él.

Así que, a pesar de todo, el padre de Hil había sido un padre mucho mejor que el mío jamás había sido. Y ahora su padre se había ido. Mi corazón dolía por ella.

Tomé una respiración profunda, prometí apartar cualquier sentimiento que tuviera por Remy y concentrarme en estar allí para Hil en las próximas semanas. A medida que las cosquillas que siempre sentía al pensar en Remy disminuían, volví a agarrar mi teléfono.

No estaba segura de por qué me sentía nerviosa pero, al teclear el número de Hil, mi corazón latía con fuerza. Cuando se conectó la llamada, la voz de Hil temblaba.

"Hola, Dillon."

"Hola, Hil… acabo de enterarme de lo de tu padre".

Hubo una pausa pequeñita. "¿En serio? ¿Cómo?"

"Remy me lo acaba de contar", dije, deseando profundamente compartir lo increíble que había sido ese momento.

"Ah. Entendido."

"Lo siento mucho, Hil. ¿Cómo estás?" le dije, ansiando poder atravesar el teléfono para abrazarla.

"Es muy difícil aceptar que ya no está."

"No me lo puedo ni imaginar. Pero estoy aquí para ti, ¿de acuerdo? Estaré para lo que necesites".

Hil suspiró, su voz quebrándose ligeramente. "Te lo agradezco. Le dije a Remy que quería hacerme cargo del funeral."

"Vaya, eso es mucho que asumir."

"Sí, pero le dije a Cali que lo iba a hacer y me preguntó si podría ayudarme con todo. Así que contaré con él para la mayoría de las cosas."

"Eso está bien."

"Sí", dijo antes de hacer una pausa.

"¿Qué sucede?"

"Hay algo con lo que puedes ayudarme, sin embargo."

"¡Por supuesto! Cualquier cosa. Solo dime cuándo y dónde."

Al día siguiente, Hil y yo nos encontramos en una boutique de urnas. Ni siquiera sabía que existía tal cosa. Pero existía y aquí estábamos.

El lugar desprendía una elegancia sombría, con una iluminación suave que arrojaba un brillo cálido sobre las urnas pulidas y pintadas a mano. Estar allí, comprando el último lugar de descanso para el padre de Hil, se sentía irreal. No sólo por el significado de ello, sino también por las etiquetas de los precios.

Con todo respeto, las urnas simplemente parecían jarrones con tapas. ¿Cómo podía costar una $22,000? Claro, era de mármol y tenía filigrana dorada… lo que sea que eso fuera. Pero apenas podría pagar el autobús que tomé para venir aquí.

Recorrimos los pasillos mirando la colección de urnas de lo más caras y en algún punto, la conversación cambió de su padre a Remy. Yo no fui la que cambió el tema. Pero no iba a desperdiciar una oportunidad para agregar material a mi caja de fantasías… cuando fuera el momento apropiado para eso… con respecto al hermano de mi mejor amiga.

"Pienso que he encontrado la paz en cuanto a que a mi padre le gustaba más Remy. Quiero decir, lo entiendo. Él tiene esa misma necesidad que tenía mi padre de cuidar a todos, incluso cuando él era un niño.

"Hubo momentos cuando estábamos creciendo en los que él me hacía pasar un mal rato como el hermano mayor. Pero si me preguntas quién pensaba que me protegería si algo malo sucediera, te diría sin dudarlo que sería él."

Asentí, entendiendo cuánto significaba Remy para Hil. "Siempre ha estado ahí para ti, ¿verdad?"

"Sí, pero al mismo tiempo, no puedo evitar preocuparme por él."

"¿Por qué?" pregunté, sintiéndome intrigada.

Hil suspiró, pasándose una mano por el pelo. "Simplemente no creo que pueda dejar atrás nuestra vida familiar."

"¿Y con "vida familiar" te refieres a los negocios de tu familia?"

"Sí. Y sé que hizo el trato que supuestamente nos liberaba, pero no estoy segura de que haya forma de salir del todo de esto."

"Tú saliste", le dije, refiriéndome a la nueva vida de Hil en un pequeño pueblo con su novio en Tennessee.

"Sí, lo hice, pero nunca fui parte de ese mundo. Mi padre incluso nos dijo a Remy y a mí que la única manera de dejar la familia era en un ataúd. No creo que Remy pueda salir pese a que lo intente."

Arrugué el ceño, sin querer creer eso. "Creo que con la persona adecuada a su lado, podría definitivamente dejar atrás esa vida."

Hil me miró, con una expresión indescifrable. "Dillon, ¿te estás refiriendo a ti misma?"

Vacilé, dándome cuenta de cómo debió de haber sonado eso. "Bueno, quiero decir, no sólo yo. Pero alguien que realmente se preocupe por él y quiera verlo feliz."

Hil se revolvió incómoda, claramente no le gustaba la idea. "¿Puedo hacerte una pregunta muy seria?

Porque sé que te gusta bromear sobre las cosas."

"Claro que puedes. ¿Qué es?"

"¿De verdad crees que tú y Remy…"

Tan pronto como comenzó a decirlo, sentí que mi cara ardía. No estaba segura si me sentía avergonzada o simplemente herida, pero no podía soportar escuchar cómo terminaba lo que estaba a punto de decir.

"Quiero decir, ¿por qué no?" Interrumpí. "¿Es tan ridículo pensar que yo podría ser buena para él?"

"No, Dillon, no es eso." Hil suspiró, su voz tensa. "Creo que él no es bueno para ti. Eres la mejor persona que conozco. ¿Y si algo ocurriera entre vosotros? El mejor de los casos es que te arrastre a su mundo descabellado.

"Dillon, me he pasado toda la vida planeando mi escape de ese lugar. Podrías terminar lamentando enormemente estar con Remy." Hil cogió una urna y la colocó entre nosotras. "O peor," dijo con tristeza en los ojos.

Bajo mi mirada, el vistoso jarro envió un escalofrío por mi espina dorsal. Pero, a pesar de lo que Hil decía, no podía rechazar mi fe en Remy.

"Hil, si alguna vez pasara algo entre Remy y yo, él me protegería como te protege a ti. ¿No dijiste que es lo que hace? ¿Crees que podría dejar de proteger a las personas si lo intentara?"

Volviendo a encontrar los ojos de Hil, vi su frustración. Mientras regresamos a mirar las urnas, pensé que la conversación había terminado.

"¿Sabes si a Remy le gustan chicas que parecen como nosotras?" Hil interrumpió de repente más alto de lo que cualquier persona debería en una tienda de urnas.

En lugar de responder, pensé en todas las miradas robadas y los toques prolongados que habían alimentado mis fantasías a lo largo de los años.

"Han habido momentos en los que hemos estado solos que me han hecho pensar que podría ser," dije honestamente.

Hil levantó una ceja. "¿Cuándo habéis estado vosotros dos solos?"

"No ha sido a menudo," admití, "pero ha sucedido a lo largo de los años. Y a veces cuando sucede, me mira de una manera que no puede ser casual."

Hil aún parecía escéptica, pero antes de que pudiera decir algo más, vio una urna que captó su atención.

"Esta," dijo sosteniendo una que exudaba elegancia estatal. "¿Qué te parece?"

"Es preciosa. Creo que a tu padre le gustaría," dije sinceramente.

"La compro," dijo con confianza. "Y Dillon, por favor, olvídate de Remy. Sé cómo es y lo encantador que puede ser pero te prometo que tiene un precio. No soportaría si también te perdiera."

Mirándola, vi el dolor en sus ojos. La atraje hacia mí y dije: "Te quiero, Hil. Siempre estaré aquí para ti. Pase lo que pase."

"No podría soportar perderte," repitió, abrazándome de nuevo.

Pero, sosteniendo a mi mejor amiga en mis brazos, tomé una decisión. Por mucho que amara a Hil, no podía ignorar lo que sentía acerca de Remy. Tenía que averiguar cómo se sentía Remy sobre mí.

Si no le interesaba, bien. Lo aceptaría y seguiría adelante. Pero si había una posibilidad de que sentía lo mismo, tenía que aprovecharla.

Hace unos meses, Hil tomó un riesgo al desaparecer de todos los que la amaban. Ese riesgo la llevó a encontrar al chico con el que pasará el resto de su vida. Si Remy era ese para mí, tenía que saberlo. Y lo averiguaría después del funeral.

Capítulo 4

Remy

Echando un vistazo alrededor de la sala de conferencias elegantemente decorada del edificio en el que crecí, observé la suave iluminación y los elegantes arreglos florales que adornaban las mesas. El ambiente estaba cargado de una mezcla de duelo y nostalgia, pero aún se sentía como la celebración de la vida que se suponía que debía ser.

Observando a los invitados, vi a mi madre, sedada pero sorprendentemente sociable. Se había estado manejando mejor de lo esperado. ¿Los milagros de la farmacéutica moderna, verdad?

Más allá de ella estaba mi hermana, Hil, y su novio, Cali. Ver a Cali siempre me sacaba una sonrisa. El imponente jugador de fútbol universitario que resultaba asombrosamente fácil de irritar. Eso hacía que bromear con él fuera divertido.

'Veamos, ¿cómo le iba a llamar hoy?' me pregunté, caminando hacia ellos. ¿Hillbilly? No, así le llamé la última vez. ¿Rockero? Demasiado usado. ¿Perseguidor de tractores? ¿Imán de guardabarros? ¿A cuadros?

Al acercarme a mi hermana en duelo, le di un apretón en el hombro.

"Has hecho un gran trabajo con el velatorio, Hil. De verdad. Todos están impresionados. A papá le habría encantado."

Antes de que Hil pudiera responder, me giré hacia Cali. "Y en esta situación, buen trabajo significa que no ha colocado ni una sola foto de primos besándose en ningún lugar. Sé que eso te parece raro."

"¡Remy!" protestó Hil.

"¿Qué?" pregunté inocentemente. "Estaba asegurándome de que tu Príncipe Rockero aquí pudiera seguir la conversación. Estaba siendo inclusivo."

Cali balbuceó, queriendo responder pero sabiendo que no podía, por respeto a la situación. La mirada torturada en sus ojos me llenó de alegría.

"Remy, eso no es gracioso," protestó Hil.

Fingí sentirme herido. "¿Hil, vas a chillarme hoy? ¿Aquí? Estamos en el velatorio de nuestro padre. Hil, estoy de duelo," dije, esperando que mi sonrisa no se prolongara demasiado.

Hil, por unos instantes sin palabras, guardó silencio el tiempo suficiente para que pudiera mirar por encima de su hombro. Detrás de ella, en solitario, estaba

Dillon. Nos estaba observando. Cuando nuestros ojos se cruzaron, sentí un pellizco en el corazón.

Con un gesto casual, llevó su copa hasta los labios, luego desvió la mirada. Pero ya era demasiado tarde. Me había marcado. Y por primera vez desde que la conocí, estaba libre para lograr lo que quería, que era, más de ella.

"Remy, lo único que estoy diciendo es…"

"…que no tienes empatía por mi duelo. Sí, sí, lo sé. Pero, ¿podríamos continuar con esto un poco más tarde? Tengo que atender a unos invitados afligidos," le respondí a mi hermana menor, sintiéndome revitalizado.

Cruzando la sala hacia la mujer que había deseado durante tanto tiempo, me di cuenta de que este era el momento. Le iba a decir lo que sentía. Debería haber estado nervioso, pero no lo estaba. La vida que había soñado y planeado durante años estaba al alcance. No podía esperar a que comenzara.

Acercándome a Dillon, no pude evitar sonreir.

"Gracias por estar aquí," le dije sinceramente.

"Por supuesto," respondió Dillon, sus ojos marrones suaves y sinceros. "Si hay algo en lo que pueda ayudar, solo tienes que decírmelo."

Mi mente divagaba en pensamientos inapropiados, pero me contuve. "De hecho, hay algo que necesito discutir contigo."

Dillon parecía divertida. "Es curioso porque hay algo que necesito discutir contigo. Pero tú primero."

"¿En serio?" Pregunté sorprendido. "Bueno, entonces, por favor, tú primero," insistí cortésmente.

"No, tú primero. Lo mío puede esperar."

"No, de verdad. Creo que deberías ir primero," dije, mostrando el tipo de novio que sería para ella.

"Remy, por favor," dijo, tocando mi antebrazo.

Una sensación de calor recorrió mi cuerpo. No podría resistirme a su solicitud.

"¿Sabes qué? Tienes razón. Lo que tengo que decir podía influir en lo que tú tienes que decir, así que debería ir primero."

"¡Vaya!" Exclamó Dillon sorprendida. "De acuerdo," aceptó nerviosa.

Me enderecé, la seriedad se apoderó de mi rostro. "He estado pensando en ti… en nosotros. Y… no sé."

Con su tez morena volviéndose roja, puso sus delicados dedos sobre mi pecho. "Espera, antes de que hagas eso, necesito decirte algo."

"No, de verdad, debería decirte esto primero."

Dillon insistió, "No digas nada hasta que pueda decirte lo que tengo que decir."

"¡Diablos!"

"No está mal. Te lo prometo," Dillon me aseguró antes de notar que estaba observando algo detrás de ella. "¿Qué sucede?"

"Volveré en un minuto y te prometo que continuaremos esta conversación," dije, desgarrándome a regañadientes de ella.

Cruzando la habitación, me dirigí hacia Armand Clément, el mayor rival de mi padre y el hombre con quien había hecho mi trato. A cambio de mi liberación del mundo de la mafia, acordé entregarle los negocios ilegales de mi padre.

Por eso, me quedaría con los negocios que había creado de cero. Encima de eso, su organización le ofrecería protección a mi familia. Lo consideré un ganar-ganar. Obtuvo lo que él y mi padre habían derramado sangre, y yo sería libre de tener lo que había construido… y a Dillon.

Hil, mi madre, y yo no le deberíamos nada más. Nunca tendríamos que volver a verlo.

Sin embargo, allí estaba rodeado por dos de sus secuaces y una deslumbrante rubia lo suficientemente joven para ser su hija. Luchando contra mi impulso de estrangularlo, me acerqué a él lo suficientemente cerca para oler su aliento.

"¿Qué haces aquí, Armand?" Pregunté sin darle ni un centímetro.

"Remy, estoy aquí para presentar mis respetos," respondió con un toque de sarcasmo.

"Mentiras. Si quisieras mostrar respeto no habrías pisado el territorio de mi padre."

"Pero este ya no es el territorio de tu padre. Es mío. Todo es mío. Gracias a ti."

"Y nuestro acuerdo era que te apartarías y nos dejarías vivir nuestras vidas."

"No," corrigió Armand con una sonrisa torcida. "Nuestro acuerdo era que te trataría como a un familiar. Así que, estoy aquí... por la familia."

Observé su cara de satisfacción queriendo clavar mi puño en ella. No podía hacerlo, sin embargo. No aquí. No ahora.

"Corta el rollo y ve al grano, Armand. ¿Por qué estás aquí?"

El hombre con cara de cicatriz, con un cuerpo construido sobre la indulgencia, liberó una sonrisa viperina.

"Por eso me agradas. Siempre vas directo al grano. Bien, aquí va. He estado haciendo algunas investigaciones. Resulta que los negocios que te permití mantener valen un poco más de lo que hubiera supuesto. Mis cuentas dicen más de mil millones."

"¿Te refieres a los negocios que construí desde cero sin ayuda de mi padre?"

"No, me refiero a los que construiste a espaldas del imperio de tu padre — un imperio que ahora es mío."

"Esa no es la forma en que funcionó. Mi padre no tuvo nada que ver con mis compañías."

"Pero su dinero sí. Dinero que salió de la sangre de mi gente, a mi costa."

Apuñé mis puños, luchando por mantener la compostura. "Armand, te di todo lo demás. ¿Qué más quieres?" Le exigí.

Sus ojos chispearon de picardía. "En realidad, lo que quiero es hacerte una generosa oferta. No te pediré la parte de tus negocios que muchos dirían que merezco. En cambio, te daré una forma de garantizar que nunca le pasará nada malo a la gente que amas."

"¿Y cómo sería eso?"

"Uniendo nuestras familias." Señaló a la joven mujer a su lado. "Quiero que te cases con mi hija, Eris."

Lo miré atónito, luego solté una carcajada. "Debe ser una broma."

La cara de Armand se endureció. "Esto no es un chiste, Remy. Cásate con mi hija y nuestras familias estarán unidas por más que solo negocios. No ofrezco este trato a la ligera. Recházalo y lo tomaré como un gran insulto."

Mi mirada viajó de Armand a la hermosa mujer a su lado, luego a Dillon, que estaba observando intensamente desde el otro extremo de la habitación. Sabía lo que Armand estaba sugiriendo, pero no importaba. No podía hacerlo. No lo haría.

"Mira, agradezco la… oferta, pero no puedo casarme con tu hija."

Sus ojos se estrecharon. "Te sugiero que lo reconsideres, Remy. No querrás insultarme. No sobre esto. Si lo hicieras, habrá… consecuencias."

Al oír su amenaza, mi corazón comenzó a latir más rápido. Rápidamente pesando mis opciones, miré de nuevo alrededor de la sala. Me encontraba en una posición imposible. No podía arriesgar la seguridad de mi familia, ni podía poner a Dillon en peligro. Pero casarme con Eris significaría renunciar a cualquier posibilidad que tuviera con Dillon, la mujer que amaba.

¿Cómo podría hacer esto? No podía hacerlo. Pero, ¿cómo no hacerlo?

Las robustas manos de Armand se aferraron a mi bíceps, arrastrándome a un lado y devolviéndome a la realidad. Estaba a punto de enviarlo al diablo y enfrentar las consecuencias cuando bajó la voz para hablar de hombre a hombre. "Veo que estás dividido. ¿Quizás hay alguien más con quien preferirías estar?"

"Ve al grano," insistí, sin intenciones de discutir mis sentimientos con él.

"Mi punto es que somos hombres. Y hombres como nosotros no pueden ser contenidos. No esperaría que lo fueras. Todo lo que esperaría de ti es un matrimonio y un heredero. Más allá de eso, ¿quién puede decir lo que haces? Vive tu vida sin insultarme y no me importará en lo más mínimo en qué te metas."

Miré a Armand atónito. ¿Estaba sugiriendo que engañara a su hija?

"En mi familia, es una tradición," confirmó, incrementando aún más mi odio hacia él.

Mi mente se aceleró, alimentada por la ira y la impotencia. Consideré nuevamente rechazarlo cuando miré a su secuaz y el corpulento hombre echó hacia atrás su chaqueta revelando la culata de su pistola. Armand había venido preparado para un derramamiento de sangre. No podía permitir que eso sucediera en una sala llena de gente a la que quería… y Cali.

Con mis pensamientos corriendo hacia el pánico, apreté los dientes y dije, "¡De acuerdo!" Las palabras salieron antes de que supiera lo que estaba diciendo.

"¿Qué has dicho?"

Mi mandíbula se apretaba tras tomarme un momento para analizar la situación. Me tenía acorralado.

"Me casaré con tu hija," le dije, sorprendido por las palabras saliendo de mi boca.

La sonrisa presuntuosa de Armand volvió. Alejándose rápidamente de mí, se dirigió a la sala atrayendo la atención de todos.

"Damas y caballeros, tengo un gran respeto por el hombre que estamos aquí para honrar hoy. Quizás hayamos tenido nuestras diferencias pero el tiempo para los desacuerdos ha terminado.

"Por tanto, me gustaría anunciar una feliz noticia en un día que por otro lado sería triste. Es el compromiso de mi hija, Eris, con Remy Lyon, una unión que permitirá que la paz y la prosperidad florezcan para todos. Que nuestra antigua y amarga rivalidad termine aquí y que nuestras grandes familias se unan.

"Vamos a dar un aplauso a la nueva pareja," pidió sonriendo radiante.

Aplausos educados y confusos llenaron la sala. La incredulidad estaba grabada en los rostros de mi familia. Era surrealista. ¿Qué había hecho? La realidad de mi decisión no me golpeó hasta que una sorprendida Dillon atrapó mi mirada. Su decepción y dolor eran ineludibles.

La emoción que había sentido al hablar con ella se había esfumado. En su lugar había un vacío, un dolor agudo. Había renunciado a mi oportunidad de amar. ¿Y por qué?

Pero mirándola, me di cuenta de que después de haber estado tan cerca de tenerla, no podía simplemente dejarla ir. Aunque no pudiera estar con ella, tenía que tenerla cerca de mí. Sabía que tenía que ofrecerle algo.

"Dillon," la llamé justo cuando se dirigía a la puerta de atrás pareciendo a punto de echarse a llorar. Se detuvo. Alcanzándola, envolví mi mano alrededor de su brazo. Era tan pequeña. Atrayéndola hacia mí, se negó a mirarme.

"¿Es eso lo que ibas a decirme? ¿Que ibas a casarte con esa mujer?" Escupió sofocada por los celos.

"No. No era eso en absoluto."

"¿Entonces no ibas a decirme nada acerca de eso?" preguntó finalmente mirándome a los ojos.

"No es lo que quise decir."

"¿Entonces qué?"

Tenía razón. ¿Qué iba a decirle? ¿Debería decirle que acabo de vender mi alma por la vida de todos aquí? Era la verdad. Pero ni siquiera yo tenía un complejo de mártir tan grande.

No, había tenido otras opciones y había hecho mi elección. Ahora tenía que vivir con ello. Pero eso no significaba que iba a dejar a Dillon. Según Armand, ni siquiera tenía que hacerlo. Aunque, mi propuesta para que fuera mi amante probablemente tendría que cambiar.

"¿Considerarías trabajar para mí? Podría utilizar a alguien en quien confiar en mis negocios."

Ella dudó, su mirada fija en la mía. Sorprendida, se veía confundida.

"Remy, sabes que todavía estoy en la universidad, ¿verdad? Me queda al menos un año más antes de graduarme."

"Pero, ¿no se acercan las vacaciones de verano? Y cuando te gradúes, necesitarás experiencia laboral. Así que, en ese sentido, me gustaría contratarte como mi…"

"¿Tu secretaria?" interrumpió Dillon.

La miré sorprendido por su modesta suposición. Había surgido con la idea sobre la marcha, por lo que en realidad no sabía lo que iba a proponer. Pero conocer sus expectativas ayudaba.

"No," repliqué. "Mi asistente. Me ayudarás a diario y estarás a mi disposición cuando te necesite."

"Suena a secretaria para mí," insistió Dillon.

Sacudí la cabeza, "No lo es."

"¿Estaría sentada en un escritorio fuera de tu oficina?"

La idea de poder levantar la vista en cualquier momento y verla me excitó al instante. "Absolutamente. Esa parte no es negociable."

"Eso es una secretaria," concluyó sin dar pistas aún sobre cómo se sentía respecto a la idea.

"Llámalo como quieras. Lo único que me importa es, ¿aceptas?"

Capítulo 5

Dillon

Me encontraba sentada en una elegante cafetería en el Soho, frotando mis palmas sudorosas contra mis jeans, esperando a Hil. Mi corazón latía acelerado, preguntándome qué diría acerca de que aceptara la oferta de trabajo de Remy. Ella había tenido razón acerca de que Remy no dejaría atrás el mundo de la Mafia. Y ahora yo me disponía a entrar en él voluntariamente.

La cafetería era una mezcla de moderno y vintage, con paredes de ladrillo visto, elegantes asientos de cuero y una atmósfera cálida y acogedora. Era un lugar al que solíamos acudir cuando éramos niñas. Muchas de nuestras tardes de verano las pasamos aquí tomando café, imaginándonos más adultas de lo que éramos con el guardaespaldas de Hil en una mesa cercana.

Vi el mismo recuerdo en los ojos de Hil cuando entró. Le ofrecí una sonrisa nerviosa cuando clavó su mirada en mí, y se acercó.

"Elegí este lugar porque pensé que nos traería algunos recuerdos," le dije cuando se sentó.

Hil miró a su alrededor, absorbiendo el entorno tan familiar.

"Si no fuera por ti, no sabría nada de Nueva York," admitió. "Solíamos venir aquí, fingiendo ser adultos. Ahora yo vivo con mi novio y tú estás a un año de graduarte de la universidad. Es raro."

"Sí. Raro," dije con una carcajada, la nostalgia me envolvió a pesar de mi ansiedad.

Tomando un profundo respiro, aproveché los últimos momentos de nuestra vieja dinámica y le dije, "Hil, Remy me ha ofrecido un trabajo."

Su expresión se mantuvo inescrutable. "No deberías aceptarlo, Dillon," dijo con firmeza.

Mis ojos se llenaron de lágrimas. Mirando a mi regazo, murmuré, "Entendido."

Una lágrima cayó por mi mejilla, y la mano de Hil se extendió para confortarme.

"¿Por qué lloras?" Preguntó suavemente.

Hice un esfuerzo, encontrándome con su mirada. "¿Por qué crees que no valgo para tu familia?"

Hil suspiró, sus ojos llenándose de preocupación.

"No es eso en absoluto, Dillon. No es eso en absoluto. Toda mi vida, me he sentido atrapada en la alocada vida de mi familia. No quiero que te unas a mì en esta celda." Hizo una pausa, recordando. "No sabes cómo era crecer en esa jaula de ático, donde la única amiga que tuve, se hizo mi amiga por pena."

Negué con la cabeza, negando su afirmación. "No es por eso que somos amigas, Hil. Somos amigas porque te quiero." Mi voz tembló al continuar, "Y estoy realmente cansada de ser el caso de caridad de tu familia. Estoy agradecida por ello. No pienses que no. Pero quiero valerme por mí misma.

"Si aceptara la oferta de Remy, quizás podría hacerlo. Y quizás si me gano el pan, podría invitarte en lugar de siempre depender de tu generosidad."

Después de escuchar lo que dije, Hil se limpió los ojos, sollozando.

"No quiero que te metas con Remy, Dillon. Y no es porque no seas lo suficientemente buena para nuestra familia. Ya te considero una hermana."

"Entonces, no entiendo. ¿Por qué no quieres que estemos juntos?"

"Es porque te necesito, Dillon. Y sé que si te involucras con él, hará algo que te lastimará. Cuando eso suceda, te darás cuenta de que eres demasiado buena para personas como nosotros, y entonces… ya no querrás ser mi amiga," admitió mientras sus lágrimas seguían fluyendo.

"Sé que es egoísta, pero no soportaría estar sola de nuevo, Dillon," añadió Hil, su voz quebrada. "Y tú eres todo lo que tengo. No quiero perderte."

Extendí la mano y apreté la suya. "Hil, nada romperá nuestra amistad. Y nunca volverás a estar sola. No solo tienes a Cali, sino que yo no voy a ninguna parte. Te lo prometo."

Hil sonrió a través de sus lágrimas, asintiendo. "Soy tan afortunada de teneros a ambos. Pero por favor, prométeme que no te involucrarás con Remy. Haré lo que sea. Si necesitas más dinero, puedo conseguir que la comisión de becas aumente tu estipendio."

Negué con la cabeza. "No quiero eso, Hil. Quiero empezar a ganar mi propio dinero. Y quiero aceptar la oferta de trabajo de Remy con tu bendición."

Hil vaciló un momento, luego finalmente cedió. "Está bien, Dillon. Tienes mi bendición. Pero prométeme una cosa, no te enamores del encanto de mi hermano."

"Sonreí. "Lo prometo."

"Gracias", dijo, acercándose y abrazándome.

La tomé en mis brazos, mirando el lugar donde alguna vez habíamos jugado a ser adultos y me pregunté si había hecho una promesa que podría mantener.

Una semana después de aceptar la oferta de trabajo de Remy, entré en su elegante casa de piedra de Brooklyn para mi primer día. No sabía qué esperar, pero cuando Remy salió de su oficina para saludarme, mi sujetador de encaje no pudo ocultar mi excitación.

La musculosa figura de Remy, de 1,88 metros, llenaba una camisa blanca inmaculada como si hubieran pintado sobre él. Con las mangas arremangadas, sus tatuajes en los antebrazos estaban totalmente a la vista. Apenas podía hablar, sintiéndome consumida de deseo. Era como volver a tener catorce años.

"Dillon, estoy emocionado de finalmente tenerte…"

"… ¿aquí?" Tartamudeé.

"¿Dónde prefieras," respondió con una sonrisa y una sugerencia suficiente para hacerme tambalear. "Ahora, el primer punto en nuestra agenda, sígueme," dijo rápidamente, cambiando a un tono serio.

"¿A dónde llevas?" Pregunté, mi voz sonando débil al no tener tiempo para soltar mis cosas.

"Vamos a realizar una reunión al andar. Eso suena profesional, ¿verdad? Sí, vamos a hacer una reunión profesional andando," dijo mientras me guiaba nuevamente hacia fuera.

"¿Necesito tomar notas?" Dije, buscando mi teléfono y tratando de mantener algo de profesionalidad.

Cuando lo saqué y busqué mi aplicación de notas, él miró mi antiguo dispositivo y suspiró.

"No, eso no servirá. Lo primero en tu agenda: consigue un teléfono nuevo. Diremos que es un teléfono de la empresa, pero será tuyo. Escoge el que prefieras," dijo con autoridad.

"Vale", respondí, sorprendida por su generosidad.

"El siguiente punto en nuestra agenda, hay una tienda de crepes japoneses cerca que tengo muchas ganas de que pruebes, " anunció Remy.

"¿Para que los pruebe?" Pregunté, intentando mantener cierta compostura a pesar de apenas poder pensar con claridad.

"Sí. Los probé en Japón, luego de nuevo en Taipei. Cuando descubrí que había una tienda justo al final de la calle, pensé, '¿sabes a quién le encantaría esto? A Dillon. A Dillon definitivamente le encantaría esto'. Y aquí estás."

"¿Estabas seguro de que me encantaría?" Pregunté, desbordada por su encanto efervescente.

"Y aquí estás", repitió.

"Y aquí estoy", confirmé, intentando concentrarme en cualquier cosa aparte de cómo la camisa de Remy marcaba sus músculos.

Al acercarme a la tienda, noté una gran cola serpenteando desde la puerta. Remy sonrió de medio lado, sacando su teléfono.

"¿Tienen una aplicación?" Observé, arqueando una ceja.

"No tenían", admitió Remy. "Pero luego probé uno de sus crepes, compré la compañía, y luego les creé una aplicación."

Reí. "Pero hay cola."

"La aplicación aún está en fase beta. Quería someterla a pruebas rigurosas antes de ponerla a disposición del público," explicó con una sonrisa maquiavélica.

"¿Entonces esta es tu aplicación personal para acceder a crepes japoneses cuando deseas?" pregunté, mi corazón latiendo al ritmo de su mirada.

Remy sonrió pícaro. "Es fundamental ver cómo los hacen. Es muy divertido."

Mientras observaba cómo se extendía la masa del crepe y se volteaba en un plato caliente circular, quedé fascinada. Una vez cocido, le pusieron plátanos en rodajas encima y lo enrollaron. Rellenándolo con helado y coronándolo con nata montada, quemaron la crema en la superficie con un soplete. ¡Parecía espectacular! Pero nada me podría haber preparado para mi primer mordisco.

"¡Madre mía!" exclamé, mis ojos luchando por no salirse de las cuencas.

"¿Lo ves? Es la mejor inversión que he hecho jamás," dijo Remy con una sonrisa complacida.

Tosí, al escuchar la cifra. Pero luego tomé otro bocado.

"Sí, probablemente," estuve de acuerdo mordiendo de nuevo el crepe.

Sentada en una mesa sólo para nosotros dos frente a quien había estado enamorada toda mi vida y probando el postre más increíble que había saboreado hasta el momento, me sentía en el paraíso. No quería que este instante terminara. Cuando lo hizo y me quedé ahogándome en el océano de sus ojos, lancé la pregunta clave.

"Entonces aquí estoy. Estoy toda tuya. Puedes hacer conmigo lo que desees. ¿Qué será exactamente mi trabajo? Y si vas a decir que seré la probadora de crepes japoneses para tu aplicación, te advierto que examinaré esa crème brûlée hasta agotarla."

Remy rió. "Si ese es tu sueño, adelante. Personalmente, mientras te presentes cada día luciendo espectacular, no me importa lo que hagas. Y, por cierto, estás haciendo un trabajo excelente hasta ahora."

Rodé los ojos juguetonamente, ocultando que mi combinación de sujetador y blusa había perdido otra ronda frente a mis pezones. Pero finalmente, cuando me sentí en condiciones de ponerme de pie, nos levantamos y caminamos de regreso a la oficina.

"Entonces, ¿en qué consiste realmente tu negocio?" pregunté mientras la sangre volvía lentamente a mi cerebro.

"Durante la última recesión económica, muchas empresas se quedaron sin liquidez. Yo proporcionaba el capital para que pudieran cubrir sus gastos a cambio de una participación en la empresa y de intereses generosos."

"Espera, ¿eres un usurero?" solté de golpe.

Remy estalló en risa. "Cuando eres rico, se llama ser un inversor de la Serie D."

Nos acercamos a la puerta de la oficina de la casa de piedra rojiza y entramos. "¿La 'D' significa desalmado? Porque eso es lo que son los usureros," bromeé.

"Oficialmente, no. Pero seamos realistas. A veces un poco de desalmado es lo que algunas personas necesitan," replicó Remy, con una sonrisa pícara.

Me puse colorada. "No sé nada de eso."

"¿Estás más acostumbrada a los desalmados más grandes? Nunca hubiera adivinado eso de ti. Pero no te preocupes, señorita Harris, mi empresa puede ayudar."

Sabiendo que me estaba poniendo roja como un tomate, pasé sutilmente la mano por el frente de mis pantalones preguntándome cuánto se notaría. Pero al oír a alguien toser, ambos levantamos la vista. Al ver quién estaba frente a nosotros, quedé paralizada de miedo.

Capítulo 6

Remy

Al ver a Eris Clément en la sala de espera de mi despacho, me arrancó de la fantasía en la que brevemente me había permitido entrar y me devolvió a la realidad. La princesa consentida de Armand estaba tumbada en mi chaise longue de Le Corbusier con sus perfectos rizos rubios y sus ojos azules helados que dejaban en claro su desdén por cualquier cosa que se interpusiera en su camino.

Instintivamente, me volví hacia Dillon a mi lado. Parecía visiblemente desconcertada. Odiaba cómo Eris la afectaba.

"¿Qué haces aquí?" pregunté, molesto.

Eris ofreció una sonrisa coqueta. "¿Acaso una chica no puede visitar a su futuro esposo en el trabajo?" preguntó, haciendo que los pelos de mi brazo se erizaran. Al ver que apretaba los dientes, añadió: "Te he traído un regalo de compromiso, tonto."

"¿Qué?" Pregunté, desconcertado por su gesto. ¿Qué estaba haciendo?

"Aunque las cosas entre nosotros no hayan empezado de la forma que ninguno de los dos hubiera querido, aún podemos sacarle partido, ¿no?" Señaló una pequeña caja sobre la mesa. "Ábrelo."

Vacilé de nuevo, buscando la reacción de Dillon. Estaba tan confundida como yo. Volviendo a la caja azul pálido con la cinta blanca, la levanté y la miré.

"No es una bomba, Remy. Estoy sentada aquí contigo," dijo con sarcasmo.

Deseando acabar con este intercambio, retiré la cinta y levanté la tapa. Dentro había un reloj que me dejó sin aliento.

"¿Cómo sabías que colecciono relojes?" balbuceé, mirando a Eris.

"Remy, eres un hombre de clase y gusto. Por supuesto que coleccionas relojes," respondió con una sonrisa complacida.

Dillon se acercó más, la curiosidad pudo más que ella. "¿Qué es?"

"Es un Richard Mille RM 56-02 Tourbillon Sapphire. Es un reloj muy raro," dije, tratando de recordar la última vez que vi uno en persona.

Dillon se acercó para observarlo mejor. "Se puede ver a través de él. Es como si las partes que sostienen las agujas estuvieran flotando entre cristal. Es impresionante," admitió.

La miré, luego volví a la vista a Eris. "Es impresionante, de dos millones de dólares," dije, luchando por encontrar las palabras adecuadas. "No puedo aceptarlo. Es demasiado."

Eris cruzó los brazos. "Voy a ser tu esposa, Remy. Nada es demasiado para mi futuro marido."

Viendo la expresión perturbada de Dillon, decidí mantener la calma. "Sí, he estado tratando de encontrar uno de estos," dije con despreocupación.

Los ojos de Eris brillaron al preguntar, "¿Puedo ponértelo?"

Luchando contra el impulso de rechazarla, cedí mientras ella me ponía el reloj en la muñeca. Aún abrumado por lo que veía, dije: "Eris, no sé cómo agradecerte".

"Sí lo sabes," respondió ella con una sonrisa siniestra. "Nunca te lo quites."

En broma, respondí: "No estoy seguro de que quiera hacerlo."

"Y despídela," continuó Eris, asintiendo hacia Dillon.

"¿Qué?" pregunté, de nuevo sorprendido por ella.

"Creo que me has entendido," dijo ella con autocomplacencia.

"No puedo hacer eso," declaré, dirigiendo la vista a Dillon, que parecía petrificada.

Eris resopló. "¿Por qué no? Secretarias hay a montones, ¿no? Y es una forma sencilla de hacer feliz a tu futura esposa".

La miré furioso, sintiendo un fuego que podría derretir el acero. "Dillon no es mi secretaria," dije intentando no estallar.

"¿Ah, no?" preguntó Eris, entrecerrando los ojos. "¿Entonces qué es, tu amante? Porque, matrimonio de conveniencia o no, no permitiré ser humillada como lo fue mi madre," dijo en un arrebato. Rápidamente, se recomponiendo la postura y enderezando su espalda añadió, "Tendría tu cabeza en una bandeja antes de permitir que eso suceda." Y luego sonrió como si acabara de compartir una debilidad por el chocolate.

La observé atónito. No había duda de que Eris era la hija de Armand. Tras dejar su amenaza flotando en el aire por un momento, se rió. La mujer estaba loca. Estaba seguro de que era tan capaz de matar como su padre.

Sabiendo que tenía que hacer algo antes de que la situación se saliera de control, me interpuse entre Eris y Dillon.

"Por muy apetecible que pudiera ser esa comida, eso no es lo que está sucediendo aquí."

Eris arqueó una ceja. "¿No? Entonces, ¿qué es?"

Dudé solo un momento antes de decir: "Contraté a Dillon para dirigir un proyecto especial, uno para el que está especialmente cualificada".

Eris parecía no convencida. "¿Y cuál es?"

Intentando pensar rápido, dije: "Está aquí para crear un centro de outreach en la comunidad".

"¿Lo está?" preguntó Eris repentinamente confundida.

"¿Lo estoy?" preguntó Dillon, igual de sorprendida.

"Lo estás", afirmé. "Iba a proponerte un periodo de prueba en la empresa para estar seguro de que trabajábamos bien juntos antes de ofrecértelo, pero supongo que esa oportunidad ya pasó."

Eris cruzó los brazos, aún suspicaz. "Un centro de outreach en la comunidad".

Asentí. "Por supuesto. Lo que no sabes es que Dillon es beneficiaria de nuestra beca familiar. No solo eso, viene del tipo de comunidad a la que espero llegar. Su madre es nuestra ama de llaves. Dillon es prácticamente miembro de la familia".

Eris consideró esto. "Entonces, ¿es como tu hermana?"

"Es la mejor amiga de mi hermana, a quien nuestra familia ha cuidado desde que tenía 14 años", expliqué.

Eris se rió entre dientes. "Ah, es el caso de caridad de tu familia. Lo entiendo ahora".

"No lo diría de esa forma, pero captas la idea".

"Desde luego", dijo Eris, su tono se suavizó. "Por un momento, pensé que iba a ser un problema con… ya sabes, nosotros".

"¿Estás de coña? ¿Creíste que me gustaría alguien como ella?" pregunté, arrepintiéndome tan pronto como lo dije.

Eris se relajó y rió. "Sí, supongo que habría sido ridículo. Los hombres como tú no están interesados en… um… ya sabes. Chicas rellenitas", dijo deslizándose hacia mí poniendo sus manos en mi pecho y sus labios cerca de los míos.

Agarré sus muñecas y la alejé con suavidad. "Pero el hecho de que no esté interesado en ella no significa que vaya a estarlo en ti alguna vez. Eris, no hay un nosotros. Creo que deberíamos aclararlo ahora. He aceptado casarme contigo y, si es necesario, algún día podríamos tener hijos. Pero eso es todo. No habrá nada más".

Eris parecía no convencida. "A mí me suena a que estás lanzándome un reto".

"No lo interpretaría de esa forma", dije, observándola firmemente.

"Potayto, potahto", encogió los hombros despreocupadamente.

Me reí a pesar de todo. "¿Necesito ser más claro?"

Eris alzó una ceja. "¿Y yo? Porque al final, estarás enamorado de mí".

"Eris…"

"Marido", dijo cortándome, su voz destilaba sarcasmo. Ambos nos sonreímos con complicidad.

"Y yo que temía que nuestro matrimonio fuera aburrido", dijo. "Disfruta del regalo. Y tú", añadió, señalando a una estupefacta Dillon, "recuerda que hay sitio en esa bandeja".

"¡Eris!" exclamé, mi indignación saltó de inmediato.

"Estoy bromeando", dijo, revolviendo los ojos. "Fue un placer conocerte, Dillon. Haz que nuestra familia se sienta orgullosa".

Antes de que pudiera decir otra cosa, Eris se dio la vuelta con un golpe de melena rubia mientras se alejaba. Con la puerta cerrada tras ella, un puño me apretaba el corazón mientas consideraba lo que Dillon diría.

Capítulo 7

Dillon

Mi corazón latía a toda prisa mientras intentaba procesar lo que acababa de suceder. La humillación que sentía a causa de las palabras de Remy y la presencia de Eris habían desgarrado mi pecho. Habían destruido mi confianza de una forma en que nada más podía hacer.

No solo me hizo replantear mi lugar en su mundo glamuroso, sino que descartó la idea de que él pudiera sentirse atraído por mí. Había sido una completa ingenua al pensar que alguien como Remy podría estar interesado en alguien como yo. Solo era la beneficiaria de la caridad de su familia, que ahora estaba "única y exclusivamente calificada" para darle a Remy lo que él quería.

"¿Es eso todo lo que soy para ti entonces?" dije al voltearme hacia él, mi voz temblorosa. "¿Un caso de caridad? ¿Alguien que puede llenar un vacío en tu mundo perfecto siendo pobre y de origen mestizo?"

Remy pareció sorprendido por mi arrebato. "Dillon, eso no es lo que quise decir…"

"¡Pues desde luego suena como si lo fuera!" respondí, permitiendo que mis inseguridades salieran a la luz.

Por un momento, Remy permaneció en silencio. Cuando habló, su habitual confianza había desaparecido. Bien, merecía sentirse como yo me sentía.

"Por favor, ayúdame a entender qué dije que te lastimó", dijo Remy con un tono lleno de aflicción.

Por más que quisiera enfadarme con él, su vulnerabilidad aplacó rápidamente mi furia. En todos los años que lo había conocido, nunca le había visto tan expuesto. Eso solo me hizo enamorarme más de él. Me odiaba a mí misma por ello.

Incapaz de contener la emoción, clavé mi mirada en sus ojos. Tragando saliva, me di cuenta de que estaba a punto de confesarle algo que nunca había compartido con nadie.

"No lo sabes porque nunca lo he dicho en voz alta antes, pero siento que básicamente soy la mascota de Hil. Estaba sola y necesitaba una amiga, así que tu familia fue al refugio de los desafortunados y me encontró."

"¿Qué?" dijo Remy simulando sorpresa.

"No lo niegues. Sé lo que la gente piensa cuando me ven junto a Hil o contigo. No me visto como tu familia. No me parezco a tí. No encajo", confesé, con la voz temblorosa.

"A veces, me atrevo a creer que realmente puedo tener un lugar en tu mundo, que puedo ser alguien a quien realmente te importe. Pero siempre acabo volviendo de golpe a la realidad, sintiéndome solo como la amiga pobre y morena a quien todos quieren cerca para sentirse mejor."

Remy escuchó, sus ojos nunca dejaron los míos. Cuando terminé, no supo qué decir. No pensaba que hubiese algo que pudiera decir. Sabía que tenía razón.

Pero cuando bajó la mirada al suelo, encontró su voz y resurgió una serena confianza.

"Dillon, quiero compartir algo contigo. Es algo que mi padre me dijo una vez. Me dijo, 'Cuando aceptes tu verdadero yo, serás recompensada.'"

Lo miré, una pequeña parte de mí se atrevió a esperar que quizá no estaba hablando sólo de filosofías de la vida. Que tal vez estaba hablando de nosotros.

"Aceptar a uno mismo nunca es fácil, y puede ser aterrador," continuó Remy. "Pero… tal vez tus antecedentes y experiencias no sean tus debilidades sino tus fortalezas. Te puedo asegurar que nadie en mi familia jamás te ha visto como tú te describes. Y yo, por mi parte, creo que hay mucho más en ti de lo que te das crédito. Así que escuchar cómo te ves a ti mismo y a mí, realmente me duele," dijo al borde de las lágrimas.

Perdida en las palabras del hombre a quien había amado durante tanto tiempo, rocé la idea que siempre había parecido inalcanzable. Mi corazón se aceleró ante la perspectiva. ¿Podría haber fortaleza en las cosas por las que había huido durante tanto tiempo? No pensaba que pudiera ser así. Pero, ¿y si…? ¿Qué significaría para mí? ¿Cómo sería eso?

"Yo…"

"¿Qué?" preguntó al ver que yo no continuaba.

No, no podía hacer esto. "Remy, yo…"

Al oír mi tono, interrumpió.

"Dillon, mira, no puedo empezar a entender cómo ha sido vivir tu experiencia. Soy blanco. Soy rico. Y estoy increíblemente atractivo," dijo, capturando mi atención con el breve regreso de su sonrisa arrogante.

"Lo que quiero decir es que no sé lo que es ser tú, pero me gustaría. Y, era sincero acerca de querer que tú crees un centro de alcance comunitario para mí y mi familia.

"Admito que no lo pensé hasta que me vi obligada a hacerlo. Me hubiera contentado con que solo aparecieras todos los días para poder verte", dijo él con una sonrisa.

"Remy", comencé incapaz de resistir su flirteo ahora que sabía que no sentía nada por mí.

"Considéralo", dijo él suavemente tomando mi bíceps con su gran mano. "Piensa en todo el bien que podrías hacer. Por favor, haz solo eso. ¿Lo harás?"

Consideré su oferta por un momento. No era mala. Y alguien como yo creándolo sería muchísimo mejor que si él o Hil actuaran como los grandes salvadores blancos.

"Lo consideraré", le dije preguntándome si estaba cometiendo un error al hacer incluso eso.

La sonrisa de Remy brilló. "Genial. Además, piensa en dónde pondrías el lugar. Podría ayudarte a tomar tu decisión."

"¿Quieres decir, podría ayudarme a decidir hacer lo que tú quieres que haga?" pregunté con sarcasmo.

"Por supuesto", respondió con la misma intensidad. Dejando que su sonrisa arrogante desapareciera, añadió, "Pero en serio Dillon, quiero que hagas lo que se sienta bien para ti. A pesar de lo que pienses, realmente me importas. Haría cualquier cosa para hacerte feliz."

"Todo, excepto amarme", pensé. "Está bien", le dije antes de terminar mi día temprano y volver a casa.

Mientras el tren de vuelta a mi apartamento en Nueva Jersey retumbaba bajo mí, la fantasía que tenía de que Remy y yo estuviéramos juntos se sentía como un sueño lejano. No podía deshacerme de la conmoción de lo que había dicho sobre mí a Eris. Su risa ante la idea de quererme resonó en mis oídos. El peso de esa era un cruel recordatorio de que él no sentía, no podía sentir, de la misma manera que yo.

Apoyando mi cabeza contra el frío cristal de la ventana del tren, la escena con Eris se repitió en mi mente. Los dos parecían muñecos perfectos que estaban destinados a estar juntos. ¿Por qué había pensado que Remy quería estar conmigo?

No fue difícil recordarlo. Podía recordar el mismo momento en que imaginé tener una vida con él. Fue el día después de ese vergonzoso episodio de baile desnudo en casa de los padres de Remy que aún me hacía sonrojar.

Cuando llegó la segunda noche, dijo que estaba allí porque había recibido una alerta de su sistema de seguridad. Me contó que había venido para asegurarse de que no estaba organizando otra fiesta de baile no autorizada. Debía de haber sido una broma. Pero si no había recibido una alerta, ¿entonces por qué estaba allí?

"Nope, no hay fiesta esta noche", dije yo volviéndome quién sabe qué tono de rojo.

"Qué pena. Estaba aburrido y buscando un espectáculo", dijo con una sonrisa encantadora que era demasiado para mí.

"Bueno, aquí no hay ninguno", le aseguré entonces, convencida de que nunca más me desnudaría en su casa.

Sus ojos se demoraron en mí silenciosamente. Tan cohibida como estaba, me habría derretido bajo su mirada acerada si no hubiera preguntado rápidamente, "¿Ya has comido?"

La simple pregunta me tomó por sorpresa. Mi corazón latió inesperadamente ante ese pequeño gesto de atención.

"Aún no. ¿Y tú?"

"No. Estaba pensando en comer algo. ¿Te apetece venir?"

Sabía que se trataba de una invitación inocente de parte del hermano de mi mejor amiga, pero no pude evitarlo. Mi estúpida yo quería que fuera una cita. Y ciertamente se sentía como una cita.

Remy me abría las puertas, pagaba todo y, cuando reía, la chispa en sus ojos me dejaba débil de rodillas. Mientras comíamos pizza, me contaba historias de la infancia de Hil. Cuando le pregunté sobre él, sin embargo, no fue tan abierto. En cambio, vi un fogonazo de dolor en sus ojos. Eso me hizo enamorarme aún más.

Después de terminar nuestra pizza, esperaba que se despidiera pero no lo hizo. En lugar de eso, caminamos en silencio hacia la casa de sus padres. Y, deseando desesperadamente que la noche no terminara, controlé el temblor de mi joven cuerpo y le pregunté,

"¿Te gusta el helado?"

"¿Me gusta el helado? ¡Claro que sí!" respondió, su rostro iluminándose.

Le hablé de un lugar del que había oído hablar a pocas manzanas de distancia que se suponía que era muy bueno. Emocionado, me llevó allí. Después de probar algunas opciones, mencionó otra heladería que se rumoreaba que era aún mejor.

"¿Mejor que esto?" pregunté probando el mejor helado de mi vida.

"Sólo hay una manera de descubrirlo", dijo sonriendo.

Después de aquel lugar, parecía que estábamos en una misión para encontrar el mejor helado de Nueva York. Sacando mi teléfono, localicé la heladería mejor valorada de la ciudad. Apostó que nada podía ser tan bueno como el que acabábamos de probar. Así que nos dirigimos al siguiente sitio.

Al comprobar que no era tan bueno, busqué en un mapa de la zona esperando prolongar nuestra aventura.

"Estoy segura de que hay uno mejor", le dije mientras escaneaba críticas para decidir cuál sería.

"¿Por qué no probamos todos?" sugerió Remy emocionado.

"¿Todos?"

"¿Por qué no? ¿Tienes que estar en algún otro lugar?"

"Solo pensaba ponerme al día con algunas series de televisión esta noche."

"Entonces, ¿qué te parece? ¿Quieres descubrir cuál es el mejor helado de Nueva York?"

Caminamos toda la noche, riendo, y nos desbordaba la energía por la cantidad de azúcar. Cuando la última de las tiendas cerró y comimos nuestra última porción, nos apoyamos contra la barandilla mirando el río. El brillo de la luna tintineaba en el agua ondulada y anhelaba un beso suyo.

Un silencio se había instalado entre nosotros. Mi cuerpo de adolescente deseaba el suyo. Me estremecí anhelando su abrazo. Pero nunca llegó. En cambio, me llevó de vuelta a casa. De pie en la puerta de la casa de sus padres, donde él no entró, sentí un deseo tan fuerte que podría haberme llevado a llorar.

"Es tarde", le dije. "¿Por qué no duermes en tu habitación? ...O donde sea", dije invitándolo a mi cama.

"No debería", dijo, sus ojos atormentados.

"¿Por qué no?" Me atreví a rozar su antebrazo, con la esperanza de atraerlo más cerca.

"Porque no confío en mí mismo", dijo con una sonrisa torturada.

"Porque no confiaba en sí mismo", repetí en voz alta recordando sus palabras.

¿Qué significaba eso? Durante los últimos cuatro años, había optado por creer que significaba que correspondía a mis sentimientos. Que me quería.

Después de repasar la escena en mi cabeza durante meses, llegué a la conclusión de que solo había dicho eso debido a nuestra diferencia de edad. Simplemente estaba siendo respetuoso. Así que la próxima vez que lo vi, intenté decirle que a mí no me importaban esas cosas. Pero o no lo entendió, o no quiso entenderlo, porque nada cambió.

Ahora, con el dolor de cada latido amenazándome con rendirme, comprendo que malinterpreté la noche más romántica de mi vida. Remy solo había venido esa noche por una alarma de seguridad. Y nuestro recorrido por las heladerías de la ciudad solo había sido por su amor al postre.

Habiendo gastado un millón de dólares en su propia heladería, obviamente le encantaba el helado. Nada de eso había tenido nunca que ver con tener sentimientos por mí. Siempre había sido poco más que una obra de caridad de su familia.

Al ver de nuevo la ciudad a través de la ventanilla del tren, me cuestioné cuántas otras cosas de mi vida había interpretado tan mal. Seguro que eran muchas. Mirando la ciudad extendiéndose bajo el sol poniente, me preguntaba si era la única persona que había malinterpretado algo tan crucial. ¿Podría ser?

Porque lo único especial en mí era que una familia acaudalada me veía como una amiga apropiada para su hija. Lo único que me diferenciaba del resto era la suerte. Mi madre tuvo la suerte de ser asignada como ama de llaves de los Lyon. Y su hija, por casualidad, tenía mi misma edad y se sentía sola.

Solo esas dos cosas nos llevó de los proyectos sociales de Brownsville a que mi madre fuera propietaria de una casa y yo a un año de graduarme en la universidad. Aunque esté con el corazón roto, sigo siendo afortunada. Hay millones de chicos que nunca conseguirán lo que yo he conseguido.

¿Acaso no era eso lo que implicaba la propuesta de Remy, que yo le ayudase a expandir la caridad de su familia a otros? Eso era algo positivo, ¿no es así? Así que, por mucho que me doliera enfrentar que eso era todo lo que él veía en mí, ¿no tenía una responsabilidad hacia aquellos que no habían sido tan afortunados?

Durante los siguientes días, no acudí a la oficina. En su lugar, seguí las sugerencias de Remy. Recorrí los vecindarios, buscando una ubicación idónea para su centro de ayuda comunitaria.

Finalmente, mis periplos me llevaron de vuelta a los proyectos de vivienda en Brownsville. Allí fue donde nací y donde viví con mi madre antes de que consiguiera su empleo con los Lyons.

Mientras caminaba por el área, me encontré con un grupo de chicos a los que no había visto desde la escuela primaria. Pasaban el tiempo frente al edificio bebiendo cervezas. Era un día laborable. Mi corazón se encogió al pensar que, bajo otras circunstancias, podría haber estado en su lugar.

Cuando continué mi recorrido por el antiguo vecindario, mis sentidos se vieron abrumados por las crudas realidades del lugar. Los carteles desvaídos, el ruido de los motores en las angostas calles, el hedor de los contenedores de basura rebosantes. Era el día y la noche en comparación con dónde vivía ahora en Nueva Jersey, sin mencionar el vecindario de Remy en Brooklyn.

Mientras deambulaba por la Avenida Pitkin, mis pensamientos retornaron a los desafíos a los que mi madre se había enfrentado al criarme sola. No podía evitar que la ira se apoderara de mí cada vez que lo consideraba. No debería haber sido de esa manera. No debería haber tenido que crecer sin un padre. Y mientras reflexionaba más sobre ello, me di cuenta de dónde exactamente Remy debería situar su centro comunitario.

Tras tomar la decisión, un torrente de ansiedad me sobrepasó. No solo tendría que hablarle a Remy de dónde y por qué, sino que él esperaría que trabajase con él para ponerlo en marcha. Pensar en trabajar tan cerca con él, oliendo su viril aroma a cuero cada día, me debilitaba las rodillas. Era como si tuviera un tornillo apretando mi corazón.

Pero debía reprimir mis sentimientos. Este centro de ayuda era más importante que cualquier cosa que estuviera experimentando. Me sentía en deuda con niños como yo. Viviendo en un entorno tan extremo, ellos merecían las mismas oportunidades que los Lyons me habían brindado. Así que con una renovada determinación, me prometí a mí misma luchar contra mi dolor egoísta y afrontar a Remy con mi propuesta para su centro.

Al día siguiente, entré en la oficina de Remy, llena de ansiedad y determinación. Resuelta a no distraerme con emociones, le expuse mi idea de inmediato. Por un instante había olvidado lo impresionante que se veía vestido con una camisa blanca impoluta y las mangas arremangadas. ¿Debía mostrar estos tatuados antebrazos de esa manera? Nadie merece ser tan atractivo. No era justo.

Cuando levantó la vista de su gran escritorio de caoba, una radiante sonrisa se extendió en su rostro.

"¡Dillon! Es un placer verte. ¿Has venido porque has considerado mi propuesta?"

¿Esa era la razón de mi visita? Cierto, lo era. Asentí. "Ven al trabajo en coche hoy, ¿verdad?"

Remy pareció confundido. "Sí, ¿por qué?"

"¿Podrías llevarnos a un lugar? Hay un sitio que quiero mostrarte."

Remy accedió, la curiosidad brillando en su mirada. Cuando nos montamos en su lujoso coche negro, lo dirigí hacia la Avenida Pitkin en Brownsville. Cuando nos detuvimos frente a un edificio de dos pisos abandonado, con ventanas rotas y malas hierbas trepando por las paredes de ladrillo, Remy lo miró perplejo.

"¿Aquí?", preguntó mirándolo a través del parabrisas.

Un sudor frío se deslizó por mi piel ardiente. Me hice el valor para contestar.

"Sí, este es el edificio donde vivía mi padre antes de fallecer. Vivió aquí con su familia."

Remy frunció el ceño, alternando su vista entre el edificio en ruinas y yo.

"Pero no entiendo. ¿Por qué ubicar un centro comunitario aquí en lugar de en un antiguo YMCA o algo así? ¿No sería mejor un lugar con más espacio?"

Apoyé mis puños tensos en mis rodillas y reuní el coraje para continuar. Las lágrimas inundaban mis mejillas a pesar de mis esfuerzos. La mirada de desolación de Remy era demasiado para soportar. Cuando intentó consolarme, rechacé su caricia y me recomuse.

"No, Remy, escúchame" Mi voz se quebró forzándome a tragar y retomar el enfoque. "Yo fui el producto de una aventura. Mi padre engañó a su familia con mi madre negra. Nunca quiso tenerme y siempre creí que no podía aceptarme porque…" Levanté mis brazos de color caramelo. "Porque yo era demasiado oscura."

Mi voz tembló mientras un penoso recuerdo volvía a mí.

"Muchas veces, cuando mi padre estaba vivo, venía aquí y me quedaba parada al otro lado de la calle mirando las luminosas ventanas de su sala de estar. Observando como las personas a las que quería llevaban adelante su vida nocturna, me preguntaba cómo era posible que pudiera tratar a su verdadera familia tan bien mientras pretendía que yo no existía.

"Incluso intenté confrontarlo una vez. Le esperé donde siempre me quedaba parada, lo vi acercarse y grité su nombre. Cuando me vio, prácticamente corrió hacia el edificio y cerró la puerta tras él.

"No es que no supiera quién era yo. Todo el mundo sabía que él era mi padre. Yo nací a cuatro calles de aquí. Sin embargo, él no quería tener nada que ver conmigo. Así que, si hay algún lugar en la ciudad que necesite ser redefinido de doloroso a útil, es este."

Las manos de Remy se cerraron con fuerza sobre el volante, tratando de reprimir el furioso enojo que mi fallecido padre estaba causándole. Su voz era tranquila, pero forzada cuando finalmente habló. "¿Quieres que queme este lugar hasta el suelo para que nunca tengas que mirarlo otra vez?"

Sacudí la cabeza con los ojos suplicantes. "¡No! Quiero que este lugar brinde a los demás el apoyo que yo no pude recibir de él."

Remy asintió, aparentemente pacificado por mis palabras. Su actitud agresiva dio paso a la determinación. "Entiendo. Lo compraré, y haremos de este lugar algo mejor. ¿Has pensado más si te gustaría ayudarme a crearlo?"

Al considerar su pregunta, una sonrisa se extendió por mi rostro. "Lo he hecho."

Capítulo 8

Remy

Tumbado solo en la cama, mirando el techo, no conseguía olvidar la historia de Dillon. Seguía reviviendo el dolor y el sufrimiento en su voz mientras compartía sus experiencias como niña. Era desgarrador.

Esto me hizo pensar en mi propio padre, un hombre que siempre estuvo allí para mí y me amó incondicionalmente. La antítesis del padre de Dillon. La vida de Dillon y la mía al crecer no podían ser más diferentes. No obstante, había una parte de mí que podía identificarse con su dolor.

¿Pero cómo podrías tú?, te preguntarás. Yo tenía todo lo que el mundo dice que debes tener: riqueza, poder, privilege. No carecía de nada. Dillon en cambio no tenía nada. Por lo tanto, decir que podía identificarme con su dolor era más que ridículo; era insultante. Y cada vez que ese pensamiento cruzaba mi mente, me invadía una oleada de culpa.

Y a pesar de todo, ahí estaba, con una extraña sensación de que yo, un tipo guapo, rico, blanco, que había crecido con un padre cariñoso y todo lo que podía desear, sentía igual de dolor que Dillon, una chica que creció pobre, negra, y rechazada por su padre. No parecía justo, pero sentía que era cierto. ¿Cómo podría ser posible?

Había un persistente pensamiento en mi mente que volvía una y otra vez a las expectativas de mi padre para mi vida. Sí, qué pena, mi rico y cariñoso padre tenía grandes expectativas para mí. Sabía que no tenía ningún derecho a comparar mi dolor con el de Dillon, pero…

Me di la vuelta, enterrando la cara en la almohada, intentando silenciar mis pensamientos. Mientras lo hacía, la imagen de la angustiada expresión de Dillon me perseguía. Estaba seguro de que conocía su dolor. ¿Pero cómo podía ser esto posible? Estaba a punto de desconectar mis sentimientos como tantas veces lo había hecho en mi infancia, cuando se me ocurrió algo. Tuve una idea.

Al encontrarme con Dillon ya en la oficina cuando llegué al día siguiente, mi corazón latía a mil. A pesar de nuestra dura conversación previa, no podía apartar la mirada de la belleza de su piel color caramelo y sus rizos rebeldes. Pero tragándome la ansiedad, puse en marcha mi idea.

"Quiero mostrarte algo", dije, reprimiendo apenas las emociones que amenazaban con desbordarse.

Dillon me miró con confusión, luego asintió. Dejamos juntos la oficina y, en silencio, nos dirigimos a una deteriorada parte de la ciudad a la que normalmente nunca pisaría. Después de aparcar, entramos en una pequeña tienda de comestibles griega. Al hacerlo, una cabeza emergió por encima de los estantes.

"¡Leo!" exclamé, acercándome a un delgado adolescente repleto de desconfianza.

"Señor Lyon", contestó mezclando enfado y temor en su voz.

"Leo, quiero presentarte a alguien. Esta es Dillon. Fue la primera beneficiaria de la beca de mi familia. Dillon, este es Leo. He propuesto a Leo como posible próximo beneficiario de nuestra beca. Pero él dice que no la necesita."

"No la necesito", replicó Leo con frialdad.

"Bien", contesté sin ocultar mi molestia. Giré hacia Dillon. "Tú sabes lo que le estoy ofreciendo. ¿Crees que puedes convencerle?"

Las cejas de Dillon se fruncieron ante mi petición. Parecía estar juzgándome. Sin decir una palabra, se volvió hacia Leo.

"¿Por qué crees que no la necesitas?"

Leo bufó, cruzando los brazos a la defensiva. "No necesito su ayuda para cuidar de mi familia," contestó evitando mirarme. Dillon le observó fijamente.
"¿Cuántos años tienes?"

"Diecisiete."

"Su padre murió", añadí.

Dillon me lanzó una mirada llena de escepticismo. "¿Así que quieres que le cuente mi triste historia de cómo crecí sin un padre?"

Apreté la mandíbula ante su tono, me calmé y respondí, "Lo que creas que sea lo mejor."

Dillon reflexionó durante un instante y luego su expresión se suavizó. Volviéndose de nuevo al chico, preguntó, "¿Es Leo, verdad?"

"Sí," respondió él con recelo.

"Bueno, Leo, ¿cuál es tu sueño?"

Leo escupió su respuesta. "Que no lo sé."

La mirada de Dillon tenía un destello de empatía mientras volvía a hablar.

"Cuando crecía, mi sueño era ir a París. No estoy seguro de por qué, pero lo había visto en películas y tenía un amigo que iba allí todo el tiempo, así que significaba algo especial para mí, ya sabes. Comer croissants junto al río, cenar en la cima de la Torre Eiffel… para un chiquillo que venía de donde yo venía, ser capaz de hacer esas cosas significaba que lo peor de mi vida podía estar detrás de mí. ¿Qué señalaría para ti que la peor parte de tu vida ha terminado?"

Leo pensó durante un momento antes de que un destello iluminara brevemente sus ojos.

"¿Qué es?" Preguntó Dillon al verlo.

"No sé", dijo Leo cerrándose de nuevo.

"No, por favor, Leo, dime", preguntó Dillon con su característica empatía.

Los ojos de Leo bajaron. "Los animales."

"¿Cómo?" preguntó Dillon confundido.

Leo se tomó un segundo para reunir sus pensamientos. "Me gustan los animales, ya sabes. Y hay muchos callejeros por aquí. Si tuviera un lugar donde pudieran vivir, entonces…" dijo con los ojos suavizados.

"¿Como un santuario de animales?" Dillon aclaró.

"Sí, uno de esos. Sería genial, ¿verdad?" dijo con una sonrisa.

"Eso sería. Así que, ¿alguna vez has pensado en convertirte en veterinario? Ellos tienen santuarios de animales y les ayudan. Los mantienen sanos."

"No podría hacer eso."

"¿Por qué no?"

"Tienes que ir a la escuela para eso y yo tengo que cuidar de mi familia, ya sabes."

Dillon dejó que las palabras de Leo se asentaran un momento antes de responder.

"Me gusta tu idea. Y es un sueño hermoso, Leo", dijo ella sinceramente. "Sé que en este momento es difícil ver más allá de las luchas a las que te enfrentas día tras día. ¿Cómo podrías siquiera empezar a pensar en el futuro cuando cada día presenta un nuevo desafío?

"Pero, aquí está la cuestión, ignorar el futuro no impide que llegue. Y cuando llegue, puedes estar en el mismo lugar que estás ahora, lleno de lucha y enfado, o las cosas podrían ser más fáciles, más luminosas. Solo tienes que tomar la decisión".

Dillon dio un paso más cerca, su voz se volvía más decidida.

"Remy te ha dado la opción de mejorar tu futuro. De hacer realidad tu sueño de ayudar a los animales. Tal vez alguien como él no pueda entender realmente lo difícil que es tu vida, pero yo sí, al igual que sé que puedes lograr tu sueño.

"Créeme cuando te digo que lo último que querrás hacer es mirar atrás en este momento y luego tener que mirar a los ojos de tu madre sabiendo que había algo que podrías haber hecho para facilitarle la vida, y no lo tomaste".

Cuando terminó de hablar, la expresión de Dillon adoptó una calidad más directa. "¿Entiendes lo que te digo, Leo?"

El adolescente la miró durante un largo momento, sopesando las palabras de Dillon. Finalmente, después de lo que pareció una eternidad, asintió lentamente. "Sí, entiendo".

La tensión se disipó gradualmente mientras Leo se alejaba para procesar todo. No pude evitar sonreír por cómo habían ido las cosas. Me volví hacia Dillon incapaz de ocultar mi emoción.

"Ha ido bien, ¿verdad? ¿Qué te parece si volvemos a mi casa para tomar un crepe japonés? He aprendido a hacerlo y estoy deseando hacer uno para ti. Podrás decirme qué te parece".

Dillon vaciló pero finalmente accedió, aparentemente perdida en sus pensamientos mientras volvíamos a mi casa adosada. Una vez dentro, no perdí el tiempo y me puse a trabajar en la mezcla para los crepes. Mis manos se movían con una precisión enérgica que no sabía que tenía.

Mezclando la masa, la vertí en una plancha redonda que había comprado para este propósito. La alisé con mi niveladora y permití que un lado se cocinara antes de darle la vuelta al otro.

Una vez hecho esto, fui a buscar el helado, los plátanos, la nata montada y la salsa de chocolate. Los coloqué en el crepe y lo enrollé en forma de cono, lo espolvoreé con azúcar y lo flameé hasta que tomó un tono marrón caramelizado. Parecía exactamente como yo había esperado.

"Aquí tienes", dije, intentando sonar lo más casual posible.

Pero mientras yo me deleitaba orgulloso con mi creación culinaria, Dillon hervía de ira. Analizó mi gran logro con ojos tan duros como el granito, y no estaba seguro de por qué.

"¿No puedes verme de alguna otra forma que no sea como el caso de caridad que has rescatado, verdad?" Dillon escupió, su voz teñida de resentimiento.

"¿Qué? ¡No! Por supuesto que sí. ¿Por qué dirías eso?" Respondí, sorprendido por su acusación.

"Porque me has aprovechado", acusó, sus ojos suplicando comprensión.

Mi mente repasó nuestras interacciones recientes. "¿Cuándo? ¿Cómo?"

"Allí. Has utilizado lo que te conté para conseguir lo que querías", aclaró Dillon, el dolor evidente en su voz.

"Eso no es lo que ha sucedido".

"¿De verdad? ¿Alguna vez consideraste que mi historia no era tuya para usar como quisieras?" Insistió.

"Yo…" tartamudeé, sorprendido por la acusación de Dillon.

"No lo pensaste", dijo él, sus emociones burbujeando justo debajo de la superficie. "No puedes verme. Todo lo que puedes ver es al patético chico a quien nadie quiere."

"Eso no es cierto. No entiendo de dónde sale esto," argumenté, mi corazón dolido por las palabras de su dolor.

"Remy, no puedes explotar mi dolor", Dillon exigió, su voz temblorosa.

"No lo estaba haciendo. Esto está tan lejos de lo que estaba intentando hacer", me defendí.

"¿Sí?" preguntó con escepticismo.

"Sí. ¿No lo entiendes? Es por mi padre que su padre está muerto. Su padre trabajó para el mío. Mi padre causó su muerte. Cada noche me acuesto pensando en Leo y todo lo que mi padre ha hecho. Me asfixia.

"Mi vida entera está construida sobre el dolor de otros. Me envuelve. Necesito ayuda. Te estaba pidiendo que me ayudaras, Dillon. ¿No lo puedes ver?" le dije con lágrimas rodando por mis mejillas. "Solo quería que me ayudaras".

Mi sincera súplica dejó a Dillon impactado. La ira se desvaneció de su rostro. Sin pronunciar una palabra, me envolvió con sus brazos y me abrazó fuertemente hasta que sus ojos brillaron de lágrimas.

"Solo quería que me ayudaras", repetí, mi voz ahogada por la emoción.

"Lo haré", Dillon susurró en mi oído. "Puedes contar conmigo".

Lentamente me alejé de su abrazo, mis mejillas húmedas por las lágrimas. Me sentía vulnerable y expuesto como nunca antes.

"Lo siento", balbuceé, avergonzado por mi arrebato emocional.

Incapaz de mirarle a los ojos, intenté desviar la mirada. Antes de que pudiera hacerlo, Dillon agarró mi barbilla y volvió a dirigir mi mirada a él. Nuestros ojos se encontraron, y me vi ahogado en su pura e inmutable compasión.

Mientras estábamos allí, la intensidad de nuestra conexión, y el aire de vulnerabilidad que persistía entre nosotros, creció. Mis barreras y el sarcasmo habían desaparecido. En su lugar estaba un deseo incontrolable por él.

El pulgar de Dillon acarició suavemente el rastro de las lágrimas en mi mejilla, enviando escalofríos por toda mi espalda. Incapaces de resistir la atracción emocional por más tiempo, nos acercamos, nuestros labios cada vez más cerca.

Fue un golpe en la puerta el que rompió nuestro frágil momento. Nos alejamos del borde de un apasionado abrazo, nuestra íntima conexión se evaporó cuando alguien volvió a tocar la puerta.

"Debería responder eso", dije cuando quedó claro que quienquiera que fuera no iba a irse.

"Probablemente", Dillon estuvo de acuerdo, tan conmocionado por nuestro casi beso como yo.

Recogiendo valor, entré en el salón y me dirigí a la puerta. Estaba listo para desatar mi ira a quien estuviera interrumpiendo cuando abrí y encontré a,

"Eris, ¿qué haces aquí?"

"He estado intentando ponerme en contacto contigo durante días. No has respondido a mis mensajes ni a mis llamadas. Incluso fui a tu oficina, pero no estabas," me confesó mientras se adentraba en mi espacio.

"¿Por qué estás aquí?" pregunté alternando entre preocupación e irritación.

Abrió la boca para responder cuando Dillon apareció en la puerta de la cocina. Al verle, Eris se paralizó y le miró con veneno. Pero, tan rápido como sucedió, lo ignoró y dijo alegremente,

"Tenemos que planificar una boda. No hay manera de que vaya a hacer esto solo."

Mi corazón se hundió al recordar el enredo en el que nuestras vidas se habían convertido.

"No puedo participar en eso ahora mismo," respondí, mi voz tensa.

Sin desanimarse, Eris volvió su atención de nuevo a Dillon.

"¿Te importaría prepararme una copa, querida?" preguntó con condescendencia.

Dillon dudó, preguntando,"¿De qué tipo?"

Eris suspiró, fingiendo desinterés. "No me importa. Champagne si tienes." Entonces, con una risa forzada, añadió, "En algún lugar ya son las cinco."

Cuando Dillon desapareció en la cocina, me preparé para el aluvión que Eris estaba a punto de desatar. Mientras lo hacía, la sonrisa confiada y casual que llevaba se esfumó para ser reemplazada por una mirada mortalmente seria.

"Remy, permíteme ser clara. Si no empiezas a comportarte como el hombre que merezco, mi padre puede empezar a pensar que no estás cumpliendo tu parte del trato. ¿Y a quién crees que culparía por ello?" preguntó antes de lanzar una mirada fugaz hacia la cocina.

"¿Estás amenazando a alguien?" exigí, hirviendo de ira, lista para explotar.

Eris, impasible, se acercó.

"Remy, pregúntate esto sobre mí, ¿estoy aquí porque quiero estar? ¿Crees que mi meta en la vida era obligar a algún príncipe mafioso a un matrimonio en el que ninguno de nosotros quiere entrar? ¿Crees que esta es la vida con la que soñaba de pequeña?" preguntó sarcásticamente.

"No lo es. Y ahora estoy luchando por la vida que quiero, igual que tú. La única diferencia es que detrás de mí hay un loco dispuesto a quemar el mundo para conseguir lo que quiere. Tu loco está muerto. Así que, a menos que te unas al programa y me eches una mano, habrá un diluvio de sangre. No la mía. No la tuya. Pero sí de todos los que te importan.

"¿Eso es lo que quieres? Por la forma en que me miras, voy a suponer que no. Así que, deja de poner en riesgo a todos los que te importan, y ayúdame a planificar nuestra boda," continuó con una calma inquietante.

"Hay millones de matrimonios concertados que acaban con un final feliz. Ayúdame a que el nuestro sea uno de ellos… para que tu amiga ahí atrás no tenga que morir."

Cuando Dillon volvió de la cocina con la copa de Eris, notó que mi comportamiento había cambiado por completo. Era como si una sombra me hubiera cubierto, el peso de las palabras de Eris sofocando mi espíritu.

Miré a Dillon sabiendo que lo que Eris había dicho era verdad. Los hombres que se enfrentaban a nuestros padres acababan muertos. Como el mío, su padre era un huracán, una fuerza de la naturaleza que no podía ser detenida, solo soportada.

Necesitaba proteger a Dillon de esa tormenta. Estaba dispuesta a hacer cualquier cosa por ello. Así que, borrando cualquier rastro del cariño que sentía por ella, la miré fríamente y dije, "Dillon, debes irte."

El dolor brotó de sus ojos ante mi abrupto cambio. Verlo me destruyó por dentro. Pero tenía que mantenerme distante: no podía dejar que Eris supiera cuánto me importaba. No podía darle más ventaja.

"Dillon," repetí, sintiendo un agudo picor en el pecho al hablar. "Vete. Hablaremos después."

Cuando titubeó, añadí, con un tono de acero, "¡Ahora!"

Fue entonces cuando bajó la mirada, giró hacia la puerta y se fue, dejándome hecha pedazos.

Capítulo 9

Dillon

El sol se estaba poniendo sobre Brooklyn mientras abandonaba la casa de Remy. Caminando hacia la estación de tren, cada paso que daba estaba cargado del agudo dolor que sentía en mi pecho. El aire era extrañamente fresco para ser finales de primavera, aunque dicha frescura no conseguía apaciguar ese ardor que me consumía por dentro.

¿Por qué había permitido que Remy me hiciese esto de nuevo? Había vuelto a caer una vez más en la misma trampa, dejando al descubierto mi vulnerable corazón ante la misma persona que lo rompió en pedazos antes. ¿Qué parte de mí rota me metía constantemente en esta situación?

Hil me había advertido de Remy. Sugirió que Remy, tarde o temprano, regresaría a su mundo del crimen organizado. Y eso precisamente es lo que hizo. De hecho, hasta se estaba casando en ese mundillo.

Hil también insinuó que Remy me dañaría. Y no solo tuvo razón en aquello, sino en que después de que Remy me perjudicase la primera vez, di vuelta para permitirle hacerlo una vez más. En ese momento, me sentí una estúpida, merecedora de todo lo malo que me pasaba.

No es de extrañar que mi propio padre huyera de mí. Incluso él podía vislumbrar el desastre que yo era. Ya no merecía más.

Por mucho que me costase reconocerlo, finalmente aprendí mi lección. Nunca le daría a Remy otra oportunidad para tratarme de la manera en que lo hizo. Lo entendí, los compromisos tienen importancia. Hay vidas reales que pueden resultar afectadas como consecuencia de sus actos.

Hablar con Leo me enseñó eso. Y hacer las paces significaba más para Remy de lo que jamás podría imaginar. Por lo tanto, iba a ayudarlo. Pero eso sería todo. Cansada estaba ya de soportar el juego emocional de Remy.

A partir de ahora, seríamos solo compañeros. Nada más. Si pensaba que iba a dañarme sin sufrir consecuencias, iba a descubrir que yo también podía hacerle daño.

No deseaba necesitarlo. Al menos ya no. Habíamos terminado. Realmente terminamos. Y mientras la conclusión de todo se iba asimilando despacio, las lágrimas rodaban por mis mejillas.

Subiendo en el mismo tren en el que habíamos decidido trabajar juntos, puse fin a mi fantasía de niña. Remy y yo no íbamos a estar juntos, tampoco estábamos destinados a mantener una amistad.

Estaba destinada a estar sola. Siempre lo había estado. Y mientras el resplandor anaranjado se desvanecía detrás de los altos edificios de la ciudad, me sumí en el asiento del tren y lloré.

Al despertarme la siguiente mañana, un renovado sentido de determinación me invadió. Pasé toda la noche mentalmente preparándome para enfrentar a Remy, para demostrarle que también yo podía ser fría y distante, tal y como él lo había sido el día anterior. Mientras me duchaba y me vestía, mi resolución se fortalecía. Comenzaba a ansiar la confrontación.

Al llegar al trabajo, entré lista para el nuevo día, con la cabeza bien alta. Para mi sorpresa, la puerta de la oficina de Remy estaba cerrada. La habitación yacía tranquila y en silencio. No había rastro de él por ningún lado.

Sacudí mi decepción y me centré en las tareas pendientes. Para mantenerme ocupada, regué las plantas y limpié el polvo de las estanterías, revisando el reloj cada pocos minutos. Seguro que Remy aparecería pronto y podría entonces poner mi plan en marcha.

Pero conforme transcurrían las horas, un temor creciente empezó a invadir mi estómago. ¿Estaba Remy evitándome, al igual que mi padre lo había hecho durante todos esos años? Una punzada de dolor explotó en mi pecho. Era peor que cuando Remy me pidió que me fuera.

Poco a poco, la fachada fría que había estado entrenando comenzó a desmoronarse. Mi anteriormente firme resolución parecía ahora tímida y vacía. Simplemente no era capaz de lastimar a Remy de la misma manera en que él me había dañado.

Con el vacío creciendo en mi interior, pronto perdí la capacidad para concentrarme. Al finalizar la tarde sin rastro de Remy, me vi consumida por esa sensación de vacío.

Durante los dos días siguientes, no hubo noticias de Remy en la oficina. Cada vez que sonaba la puerta, mi corazón se aceleraba, pero siempre resultaba que no era él. Me quedé a solas, sin más que hacer que mirar su vacía oficina. Fue una tortura.

La imagen del escritorio vacío de Remy me atormentaba, incluso mientras me hallaba en la cama intentando conciliar el sueño. El dolor era como un peso físico en mi pecho, una angustia que me consumía y de la cual no podía escapar.

Estuve dispuesta a darle todo lo que tenía, pero él no lo quiso. Me había engañado a mí misma pensando que su compromiso no era real, pero sí lo era. Y después de hacerme creer que yo era especial para él, me abandonó. Ahora, no había vuelta atrás.

Esa no era la forma de tratar a alguien a quien se ama. Por lo tanto, solo había una conclusión. El hombre del que había estado enamorada desde los 14 años, no me amaba. ¿Por qué lo haría si nadie más lo hacía?

Volví al trabajo cada día después de eso, esperando que él no apareciese, pero sintiéndome herida de nuevo cuando no estaba ahí. No había nadie. Pasaron dos semanas antes de que la puerta sonara, y no fuera el personal de limpieza. Así que el día en que un hombre bajito, vestido formalmente, subió las escaleras, me levanté y lo saludé, confundida.

"¿Puedo ayudarte?" le pregunté, preguntándome si estaba en el lugar equivocado.

"Mi nombre es Robert Wendel. Soy el abogado del Sr. Lyon," dijo, llenándome de ansiedad.

"El Sr. Lyon no está aquí," le informé.

"Sí. Tengo unos documentos para que los firmes."

"¿Yo?"

"Eres Dillon Harris, ¿verdad?"

"Sí."

"Entonces son para ti."

Mientras miraba al abogado, recordé cuando mi madre comenzó a trabajar en la casa de los Lyon. Había un hombre como él que había aparecido en nuestra puerta. Dejó muy claro que nunca debíamos hablar de nada de lo que mi madre oír o viera en la residencia de los Lyon. Los documentos que firmó fueron para un acuerdo de confidencialidad, pero la amenaza hacia nuestras vidas si hablábamos no necsitaba estar escrita.

"Oh," dije, al darme cuenta de hasta qué punto Remy no confiaba en mí.

Sin hacer ninguna pregunta, firmé rápidamente mi nombre donde el abogado me indicó. Cada vez, mi corazón se estrujaba un poco más. Cuando la última página estuvo firmada, me proporcionó un gran sobre manila.

"Esto es tuyo."

"¿Qué es?" pregunté, sospechando que sería mi copia de la documentación.

"Es la escritura del edificio del centro de ayuda."

Me quedé paralizada. "Lo siento, ¿qué es?"

"La escritura del edificio." repitió esta vez, buscando en mi rostro una señal de que comprendía. Pero no lo hacía. "Lo que firmaste era la documentación para un fideicomiso que poseía el edificio. Ahora tienes un interés de control del 51% en él."

Mi mente daba vueltas. "Lo siento, estoy confundida. ¿Qué significa eso?"

"Significa que, en su mayor parte, el edificio es tuyo. Parte del acuerdo es que los impuestos del edificio serán pagados por la familia Lyon por los próximos 10 años. Así que no tienes que preocuparte por eso. Y puedes hacer con él lo que quieras. Que es, supongo, crear el centro de ayuda que propusiste al Sr. Lyon, ¿verdad?"

"Verdad," confirmé, aunque no estaba segura de lo que estaba ocurriendo. ¿Había hecho Remy esto por razones fiscales? ¿Había algo turbio relacionado con su mundo de la mafia? "Entonces, ¿puedo hacer lo que quiera con él?"

"Cualquier cosa."

"¿Y si quisiera venderlo?"

"Podrías."

"Y solo para estar informada, ¿cuánto vale?"

"No puedo decirte de memoria. Pero he incluido la tasación de la propiedad en tu sobre," dijo, señalando el sobre que tenía en mano.

Miré lo que tenía en la mano como si contuviera una serpiente preparada para morder. Mi corazón latía acelerado pensando en lo que había en el interior. Abrí el sobre lentamente, metí la mano y saqué los papeles. Hojeando las páginas, encontré una con cifras. No fue difícil encontrar la tasación. Indicaba que el edificio que Remy me acababa de regalar tenía un valor de 1,5 millones de dólares.

"Ahh," exhalé, incapaz de respirar.

"El Sr. Lyon también me encargó que te diera esto," dijo su abogado, llamando apenas mi atención.

Sostenía una tarjeta de visita. "Me dijo que tienes una cita con esta persona," expresó de manera enigmática.

"¿Cuándo?" pregunté, casi demasiado atónita para tomar la tarjeta.

"Creo que se refería a ahora."

Saliendo de la oficina, me apresuré hacia la dirección escrita en la tarjeta de visita, insegura de lo que me iba a encontrar. Al llegar, una mujer elegante se presentó.

"Hola, soy Melanie. Seré tu estilista personal. El señor Lyon me ha pedido que te prepare para representar a la familia Lyon," explicó gentilmente, como si intentase no herir mis sentimientos.

Pensé durante un momento y luego eché un vistazo a mi actual atuendo. Sabiendo que tendría que vestir de manera más profesional para Remy, había comprado un vestido en una tienda de descuentos. Era la talla correcta y me quedaba presentable.

Siempre había sentido que mi forma de vestir resaltaba la distinción entre Hil y yo cuando salíamos juntas. Ella vestía como la hija de un jefe de la mafia multimillonario, y yo iba vestida como si fuese Wally. La diferencia entre ambas era inevitablemente notoria.

"¿Te molesta?" me preguntó Melanie al ver mi titubeo.

"En absoluto", respondí, liberándome de una vida de inseguridades.

Iniciar un cambio tan drástico en mi estilo vestimentario fue un poco intimidante al principio. Después de todo, la mayoría de los trajes costaban tanto como un coche pequeño. Me obligaba a pensar, ¿qué pasaría si algo les pasaba? ¿Me endeudaría por el resto de mi vida?

Sin embargo, después de unas horas de pruebas, tengo que admitir que me divirtió. Una vida de inseguridades comenzaba a desvanecerse mientras me veía en cada reflejo. Y al final, no pude evitar pensar en lo que Remy estaría intentando decirme con estos trajes de diseñador valorados en $20,000.

Al día siguiente, trepidante pero con un outfit de $3,000, admití que me sentía bien. No esperaba que nadie en la oficina lo notase, hasta que en otro guiño de la vida, me inundaron las notificaciones del calendario en mi ordenador.

Arquitectos, diseñadores, expertos en construcción desfilaron durante todo el día por la oficina, tratándome como si fuese de la realeza. Fue surrealista. Cansada de fingir, les pregunté por qué estaban actuando de esa manera.

"El señor Lyon nos dijo que tendríamos que costear todo lo que eligieses y que es crucial hacerte feliz," explicó el arquitecto, cuidadoso con sus palabras. "En ese sentido, hemos traído una selección de pasteles de Dominique. ¿Te gustaría probar uno mientras discutimos los planes para la remodelación?"

"Sí, gracias", respondí, aún sin entender qué estaba sucediendo.

Remy estaba transformando mi vida sin decir una palabra. La construcción del edificio, la compra de ropa, la cortesía… ¿Por qué estaba haciendo esto? Había dejado en claro que no quería tener nada conmigo. ¿Estaban estos gestos destinados a mostrarme todo lo que podría tener y lo que no sería capaz de ofrecerle a cambio?

La semana pasó en un torbellino de citas y decisiones. Me encontraba agotada, pero continué tomando decisiones para el centro de ayuda como si yo fuese la dueña. Se me agotaba el día entre reuniones que terminaban puntualmente a las 6 p.m., sin importar si habíamos terminado de hablar o no, y el resto de la noche en la oficina, buscando todas las palabras que decían que no entendía en Google.

Un día volví a la oficina, encontrándome con que mi primera cita sería después del horario de oficina. Intuitivamente sabía que estaba llegando al punto de inflexión, que encontraría a Remy al llegar a esta cita. Me estaría esperando allí, con su sonrisa picarona y tan encantador como siempre. ¿Y cómo reaccionaría yo ante eso?

Sí, la ropa y la construcción eran increíbles. Un cambio total de vida. Pero yo nunca le había pedido todo esto.

Todo lo que siempre quise fue que él me amara. Que me abrazara y me dijera que siempre estaría allí para mí. No podría olvidar todo lo que hizo solo porque me compró algunos regalos. No podría hacerlo. Y esa noche, él iba a descubrirlo.

Cuando mi día terminó, me preparé para ver a Remy por primera vez en semanas. Fortalecí mi determinación. No le iba a gustar lo que tenía que decir. Podría ser el final de nosotros. El final definitivo. El del que no podríamos volver atrás.

Y, por mucho que supiera que ese podría ser el caso, no podía negar lo bien que se sentiría verlo de nuevo. Era un auténtico imbécil por lo que me había hecho. Pero, le echaba de menos. La forma en que me miraba me hacía sentir vista. Remy tenía una forma de hacerme sentir como la persona más importante del mundo. Era una droga difícil de dejar.

Acercándome a la dirección, resultó ser un lujoso edificio de apartamentos en el centro de Brooklyn. ¿Me había invitado a su nido de amor? ¿Era todo lo que me había comprado su manera de seducirme? ¿Era eso todo lo que era para él, solo una aventura?

Bajando del ascensor a uno de los apartamentos más lujosos que había visto nunca, busqué a quien estaba segura que me esperaba.

"¿Remy?" pregunté a una sala vacía.

Lentamente, recorrí el lugar, admirada por su belleza, no me tomó mucho tiempo localizar la mesa de comedor de madera a la deriva y la nota apoyada en ella. Dirigida a mí. Abrí la nota mientras la recogía, reconocí la escritura.

'Considera esto como un beneficio del trabajo. No más viajes nocturnos en tren. Disfruta de tu nuevo lugar. Remy'

Continuando mi recorrido, entré en el dormitorio. La vista de la ciudad era impresionante. Al abrir el armario, encontré un guardarropa lleno de ropa nueva. No eran solo trajes. Había algo para cada ocasión.

Esto era todo. No había una sorpresa adicional. Él no venía. No esta noche. Nunca más. Realmente se acabó entre nosotros. Al darme cuenta de aquello, salí al balcón, abandoné la última de mis esperanzas y lloré.

Dormir en la cama más cómoda del mundo era extraño. Uno pensaría que eso ayudaría a dormir más rápido. Pero ¿quién podría hacer eso, distraído por los pensamientos de cuán cómoda era?

Con una mañana ligera, decidí dormir un poco más. Ahora estaba solo a unas manzanas del trabajo en lugar de viajar 88 kilómetros desde Nueva Jersey. Era como un nuevo mundo. Así como también lo era mi actitud ante la vida. En las últimas semanas, había derramado una vida de lágrimas. Estaba lista para avanzar.

Por alguna razón, Remy me había dado un edificio. Pero no cualquier edificio. Era el que mi padre había habitado con su familia. Remy quizás no supo cómo ser un novio de fantasía adecuado, pero entendió una o dos cosas sobre justicia poética.

"Remy me dio un edificio", dije cuando me impactó de nuevo.

Tomando algo de mi nevera completamente surtida, decidí desviarme antes del trabajo. Iba a echar un vistazo a mi nuevo lugar. Al bajarme del tren, giré la esquina con el edificio a la vista. Viendo a los renovadores entrar y salir, recordé que tenía una participación mayoritaria en él. Esta era una locura.

Como tantas veces cuando era niña, me detuve al otro lado de la calle y la observé. Tenía tantos recuerdos dolorosos asociados con este lugar que no podía contarlos todos. Quizás en lugar de convertirlo en un centro de alcance, debería haberlo vendido. No sé qué estaba pensando al sugerirlo como un lugar al que tendría que ir todos los días.

Eso me recordó otra cosa que tenía que hacer: tenía que empezar a pensar en contratar gente. Después de todo, Remy no me había pedido ayuda por mis habilidades gerenciales. Fue porque era la mejor amiga pobre y negra de su hermana pequeña.

Pensé en eso por un segundo. Remy no había pedido mi ayuda a pesar de lo que era. Lo había hecho debido a eso. En este caso, ser pobre y negra era mi ventaja.

Remy me dijo una vez que cuando abrazas tu verdadero yo, te recompensan. ¿Podría haber tenido razón?

Definitivamente, no habría recibido ninguno de sus regalos si no hubiese sido quien soy. Y cuanto más decisiones tenía que tomar para el diseño del centro comunitario, más importante parecía mi opinión. Supongo que no es precisamente mi opinión. Sería la opinión de cualquier persona que no haya crecido con una cuchara de plata en la boca.

¿En serio, en qué estaban pensando estos diseñadores? ¿Un centro de paintball? Sí, es exactamente lo que los residentes de Brownsville necesitaban, una forma de dispararse entre sí de manera recreativa. Nada malo podría surgir de eso.

No, el centro va a ser para los niños. En el primer piso habrá salones tranquilos donde los niños simplemente podrán sentarse y relajarse porque eso es una verdadera zona segura. En el segundo piso estarán los tutores y consejeros. Y en el tercero, los recursos LGBT.

Para eso, podríamos tener mentores que vengan y hablen. Cada noche de la semana puede ser para un grupo diferente, ya sea para problemas LGBT, o mujeres en situaciones de abuso.

"¿Dillon?" alguien dijo, captando mi atención. "Eres Dillon, ¿verdad?"

"Sí", dije, mirando desconcertada al joven de tez oscura frente a mí.

Estar fuera del barrio durante tanto tiempo hace que me ponga nerviosa al escuchar mi nombre. Mi vida ha cambiado mucho desde que tenía 13 años. Por una parte, ya no finjo ser heterosexual. Eso no importa en mi universidad en Nueva Jersey. Pero las comunidades negras pobres no son exactamente el epítome de la aceptación.

"Soy James. O, supongo, Jimmy. Íbamos a la misma escuela", dijo el hombre un poco mayor.

"¡Jimmy! ¡Claro!" exclamé con entusiasmo.

Él sonrió.

"No tienes idea de quién soy, ¿cierto?"

Me reí, avergonzada. "Lo siento".

"No, no te preocupes. No nos conocíamos bien en aquel entonces".

"Ah, vale", dije, confundida. "¿Pero fuimos a la misma escuela?"

"Definitivamente fuimos", dijo con una sonrisa que insinuaba algo más.

Lo miré de nuevo. No, no lo recordaba. Pero era atractivo, y su sonrisa significaba algo. Bajé la guardia y me relajé.

"¿Tuvimos las mismas clases o algo?" pregunté con una sonrisa coqueta que esperaba que captara.

"No. Yo estaba dos años por delante. Pero sí te recuerdo".

"¿Por qué?"

"Bueno, por una, eras preciosa. Muy linda. Aún lo eres", dijo, confirmando mi sospecha. "Y dos, fuiste la primera chica con la que… me atreví a coquetear".

"¿En serio?", pregunté, sin eso esperar.

Él se ruborizó. "Sí, siempre fuiste tan… no sé, segura. Siempre parecías saber quién eras. En aquel entonces, yo pesaba bastante más de lo que peso ahora y me sentía muy inseguro por ello. Tú eras simplemente tú misma".

Me reí. "Me alegro de que pareciera así. Pero puedo asegurarte que no fue el caso".

"Tal vez. Pero, debo decir, pensar que era así me dio esperanzas, ¿sabes? Tomé muchas decisiones basándome en la chica que creía que eras".

"Vaya", dije, dejando de coquetear con él. "Gracias".

"No, gracias a ti", dijo él con gratitud. "Entonces, ¿qué estás haciendo ahora? Te mudaste del barrio, ¿no? Fue hace unos años".

"Sí. Mi madre consiguió un trabajo. Acabamos mudándonos más cerca de él. ¿Y tú? ¿Sigues viviendo por aquí?"

"No. Fui a una universidad comunitaria en Virginia. Así que estuve allí durante un tiempo".

"¿Virginia? ¿Por qué allí?"

"Está cerca de la sede del FBI. Quería tomar algunos programas de especialización que facilitaran la inscripción".

Me quedé paralizada. "¿Al FBI? ¿Te inscribiste, quiero decir?"

Jimmy sonrió, orgulloso. "Lo hice".

"Oh, felicidades. ¿En qué división?" pregunté con hesitación.

Se inclinó más hacia mí y bajó la voz. "Crimen organizado".

"Oh!" Respondí, pensando inmediatamente en Remy. "Estupendo", dije, tratando de no entrar en pánico.

"Sí. Pensé, ¿qué mejor manera de devolver algo a la comunidad que intentar eliminar a algunas de las pandillas de las calles? ¿Y tú? ¿Qué estás haciendo ahora? ¿Bienes raíces?"

Lo miré nerviosa. "¿Qué te hace pensar eso?"

"Te observé mirando el edificio. Parecía como si lo estuvieras inspeccionándolo detenidamente. Si no te conociera, estaría preocupado", bromeó.

"Oh", me reí. "Supongo que, de alguna manera, sí lo hago". Hice una pausa para escoger cuidadosamente mis palabras. "Estoy trabajando con la persona que está convirtiendo el edificio en un centro, de ayuda comunitaria".

"¿En serio? Eso es fantástico. Sabes, si alguna vez quieres hablar de algo, como cómo asegurarte de que las pandillas no te molesten aquí, cualquier cosa realmente, deberías llamarme", dijo coqueteando antes de sacar una tarjeta. Tenía que eliminar rápidamente cualquier pensamiento que tuviera sobre nosotros. Lo último que necesitaba hacer era salir con alguien del FBI mientras trabajaba para el hijo de uno de los mayores jefes de la mafia en la ciudad.

"Seré honesta, estoy recién recuperándome de un… no sé cómo lo llamarías, ¿un lío sentimental? Así que no estoy para nada en esa onda. Pero podría resultar útil analizar estrategias de seguridad para el centro."

"Por supuesto. Todo lo que necesites. Solo házmelo saber. Fue, um, bueno verte de nuevo, Dillon", dijo, dejando claro su interés.

"Tú también, Jimmy. Quiero decir, James. Te aviso", dije, mostrándole su tarjeta mientras se alejaba.

Abandonando el barrio, reflexioné sobre mi conversación con Jimmy. Resultaba impresionante pensar que pudiera haber tenido un efecto tan marcado en él. En aquella época, me sentía constantemente mísera por ser gorda y no encajar. Pero Jimmy se había inspirado en mí.

"¿Cómo?" Pregunté en voz alta, intentando entenderlo todo.

Al volver a la oficina, añadí algo nuevo a mi calendario. Necesitaba empezar a contratar personal. Los programas que imaginaba para el centro tenían que ser diseñados y no tenía ni idea de por dónde empezar.

Sabiendo que Remy tenía acceso a mi calendario, decidí probarle. Bloqueé el tiempo y lo etiqueté como 'Comenzar Proceso de Contratación'. Al guardar el cambio, me quedé mirando la pantalla esperando una reacción. Cuando nada sucedió, me reí de mis expectativas irreales y continué mi día lleno de reuniones.

Después de revisar incontables diseños y buscar todas las nuevas palabras que había escuchado, estaba agotada. Caminando hacia mi nuevo lugar, volví a pensar en mi encuentro con Jimmy. No podía sacudirme la sensación de que había algo importante que había pasado por alto en nuestro encuentro. Mientras preparaba la cena con las sofisticadas salsas que llenaban mi nevera, repasé nuestra conversación.

No fue hasta que me tumbé en la cama, a punto de quedarme dormida, cuando finalmente lo entendí. Remy había dicho que aceptar tu verdadero yo trae recompensas. Y a pesar de mis luchas personales, Jimmy se había inspirado en mi verdadero yo.

Con este pensamiento inundándome, una sonrisa se dibujó en mis labios. Remy había tenido razón. Aceptar a tu verdadero yo trae recompensas. Me volteé sintiéndome más sabia, abracé una almohada y rápidamente me quedé dormida.

Al entrar en la oficina la mañana siguiente, encontré nuevas reuniones programadas en mi calendario. Un montón de cazatalentos, reclutadores de empleo y representantes de sitios web de ofertas de trabajo llenaban la agenda. ¿Cómo había sido capaz Remy de conseguir todo esto en una noche? No había forma de que pudiera permitirme sentir algo por Remy de nuevo, pero tenía que admitir que no todo en él era malo.

Con el paso de las semanas, Remy y yo entramos en una rutina de comunicación indirecta. Yo hacía peticiones en mi calendario, y él las hacía realidad, generalmente al día siguiente. No estaba segura de por qué, pero nuestros intercambios eran extrañamente reconfortantes. Estaba casi comenzando a creer que podía manejarlo todo.

Durante un almuerzo con Hil cuando ella había volado a la ciudad para visitar a su madre, le puse al tanto de mi trabajo y todas las ventajas que venían con él.

"Remy dice que estás haciendo un trabajo increíble", dijo Hil con orgullo.

Tal vez lo estuviera haciendo. Pero no podía evitar pensar en las ventajas de Remy como una especie de pago por culpa.

"Gracias. Se agradece oírlo", dije con humildad.

"¡No, en serio! Lo que estás haciendo es genial. ¿Sabes el efecto que vas a tener en la gente? Yo amaba a mi padre. De verdad. Pero, hizo tantas cosas mal.

"Es como si no tuviera conciencia. Las historias que me contaba Remy…," dijo desviándose y conteniendo las lágrimas. "Solo diré que lo que estás haciendo significa mucho… para toda la familia", concluyó Hil con una sonrisa entre lágrimas.

Mirando a Hil, me di cuenta de que lo que estaba haciendo significaba más para su familia de lo que había contemplado antes. Aún pensaba que era el proyecto de vanidad de una familia rica. Pero tanto Remy como Hil se habían emocionado cuando hablaban del legado de su padre.

¿Qué podría haber hecho que necesitase un centro comunitario como penitencia? ¿Y cómo era yo la que podía ayudarles? No era más que una cualquiera que venía de ninguna parte.

Era todo lo que nadie quería ser. Era gorda, negra y pobre. Que pudiera tener ese tipo de impacto en una familia que lo tenía todo no tenía sentido.

"Tenías razón, ya lo sabes," le dije a Hil mientras cambiaba de tema.

"¿Sobre qué?" preguntó ella, enjugándose las lágrimas.

"Sobre todo. Cuando te pregunté sobre tomar este trabajo, estaba segura que Remy había terminado con el mundo en el que todos ustedes habían crecido, pero, solo después de unos pocos días, se comprometió con la hija del rival de su familia."

Hil miró hacia otro lado, con tristeza, "Sí."

"Y tú dijiste que si se formaban en mí sentimientos hacia él, él me rompería el corazón."

Era mi turno de llorar.

"¡Oh, Dillon!" Dijo Hil apresurándose a tomar mi mano para consolarme. "No deseaba tener razón acerca de eso. ¿No me abandonarás, verdad?"

Puse una sonrisa confiada en mi rostro. "Nunca. Nunca te abandonaré", dije sincera.

Hil apretó mi mano y sonrió. "Permíteme pagar esto para que podamos ver en lo que has estado trabajando tanto."

"No, yo ya pagué", dije con orgullo.

Hil parecía preocupada. "Dillon, no tenías por qué hacerlo".

"Lo sé. Quería hacerlo. Estoy ganando dinero ahora. Y si alguna vez voy a superar mis inseguridades, necesito ser yo la que invite a una ocasión especial por una vez. Permíteme hacer esto por ti."

Hil todavía parecía dudar.

"Por favor. Necesito esto."

Hil finalmente sonrió y accedió. "Por supuesto. Gracias", dijo observándome de una forma diferentes.

Meses después, con la inauguración del renovado centro comunitario a solo un día de distancia, me encontré trabajando hasta tarde en lo que solía ser la oficina de Remy. Sola e inmersa en mis pensamientos, me sobresaltó el ruido de la puerta abriendo lentamente.

Dando la vuelta al escritorio, me quedé paralizada de incredulidad. Remy se acercaba hacia mí, mirándome directamente a los ojos. Me dejó sin habla.

Una avalancha de emociones me invadió cuando él estuvo a la distancia de un brazo de mí.

Cuando recobré la capacidad de hablar, mis palabras fueron planas. "Estoy enfadada contigo."

"¿De verdad? No puedo imaginar por qué. Tu nueva posición en la vida te queda bien", respondió Remy, desviando la vista hacia mi vestimenta.

Ruborizándome un poco, eché un vistazo a mi caro conjunto y luego directamente a sus ojos. "¿Piensas que esto me importa?"

"Creo que sí. Al menos un poco", confesó.

Quise negarlo. Pero en el fondo sabía que tenía razón. "¿Esperas que me deshaga en agradecimiento por lo que has hecho?" pregunté tensa.

"No voy a mentir, tenía esa esperanza", respondió Remy, con su encanto volviendo poco a poco.

Me acerqué a él. "Pues no. Estoy molesta contigo". "Bien, cuéntame. ¿Qué he hecho mal?"

Fruncí el ceño. "No me trates como si mis sentimientos no importaran".

"No hago eso. Sé que importan. Y lo lamento."

"Me abandonaste. Hiciste que pensase que algo estaba surgiendo entre nosotros y luego desapareciste… durante meses. Rompiste mi corazón."

Remy hizo una pausa mientras una expresión de dolor le inundaba. "Es cierto, lo hice. ¿Me perdonarías si te dijera que había una muy buena razón?"

"¿Porque tenías que planear tu boda?" contesté con sarcasmo.

Remy desvió la mirada como si quisiera extraer el puñal de mi desdén de su corazón. "Supongo que sí."

"¿Y sabes qué es lo que más me enfada?"

Remy, quien ahora estaba de pie a centímetros de mí, preguntó, "¿Qué es eso?"

"Lo hipócrita que eres."

"¿Soy un hipócrita? Tendré que admitir que de las miles de veces que imaginé este momento, ser tachado de hipócrita no era algo que considerase".

"Pues sí, lo eres".

"Bueno, explícame. ¿Cómo es que también soy un hipócrita?"

"Eres un hipócrita porque haces un gran alarde sobre las recompensas que se obtienen al ser uno mismo y luego, cuando te enfrentas a la misma elección, optas por lo contrario".

"¿Crees que mi retraimiento es negar mi verdadero yo?" "No lo creo. Lo sé."

"Es interesante porque pienso que mi verdadero yo es alguien que hace lo que sea necesario para mantener a salvo a los que quiero. Para sufrir, para resistir, para herirse para asegurarme de que nada les pase. ¿Estás diciendo que no es realmente quién soy?"

"¿A los que quieres?" pregunté vulneradamente.

"A la que quiero", aclaró Remy.

Me ablandé por sus palabras pero mantuve mi determinación, "Pero no eres insensible."

"¿Quién dijo que era insensible?"

"Tú lo hiciste. Con tus acciones."

"Por favor, aclárame."

"Crees que puedes vivir tu vida con tu corazón encerrado, negando todo lo que necesitas y deseas, pero no puedes. Eres suave y vulnerable. Eres amable y maravilloso. Sé que crees que deberías serlo, pero tú no eres como tu padre. Eso es bueno. Y como un hombre sabio me dijo una vez, cuando eres tú mismo, obtienes recompensas."

Ante eso, Remy se inclinó. Fijando sus ojos en los míos, los cerró y lentamente acortó la distancia entre nosotros. Mientras su aliento cálido rozó mi mejilla, pude oler el leve perfume de su colonia, una mezcla de sándalo y cítricos que me puso los pelos de punta. Mi corazón latía acelerado mientras los labios hormigueaban de anticipación.

Como si hubiésemos esperado toda una vida, nuestros labios se encontraron: suaves, tiernos, como el susurro de terciopelo. Fue todo lo que había soñado que sería. Mis ojos se cerraron suavemente mientras me permitía ser completamente parte del momento. Cada nervio en mi cuerpo se despertó mientras le correspondía el beso.

Sus dedos rozaron mi mejilla antes de entrelazar delicadamente por mis rizos y sostener la parte trasera de mi cabeza. Al sentir su tacto, mis brazos se cerraron alrededor de su cuello. Su cuerpo cálido se presionó confortablemente contra el mío, y casi como en un baile, nuestros cuerpos se balancearon.

Mientras profundizábamos el beso, el sabor de él permanecía en mi lengua. Era dulce como la cereza más jugosa y yo temblaba como la menta fresca. Con la respiración contenida, mi pecho se hinchaba de emoción. En su abrazo, finalmente comprendí lo que era cierto: aquí es donde pertenecía.

"Espera," dije, retirándome del beso.

"Me pediste que fuera mi auténtico yo. Este soy yo y quiero besarte. Siempre he querido besarte. Desde que jugábamos con Hil, de niños, quería besarte. Nunca he sido otro."

"No puedo ser la otra mujer," insistí.

"No lo eres. Eres la única mujer. Siempre has sido ella."

"¿Y qué pasa con Eris?"

"¿Qué pasa con ella? Es la mujer con la que me veo obligado a casarme para mantener con vida a todos los que me rodean. No es quien quiero tener a mi lado. Definitivamente, no es con quien quiero tener sexo."

"¿Pero lo haces?"

"¿Hacer qué? ¿Tener sexo? ¿Con ella? Sería como meter mi miembro en una trampa para osos. Eso no va a suceder. Nunca ocurrirá. Ella cree que podría suceder, pero te aseguro, no sucederá."

"¿Así que, no vas a tener sexo nunca más?" le pregunté dubitativamente.

"Ya ha pasado bastante tiempo," Remy dijo con una sonrisa frustrada.

"¿Cuánto tiempo ha pasado?"

"¿Desde que tuve sexo?"

"Sí."

"Desde el momento en que me di cuenta de que tú eras la indicada."

"¿Y cuándo fue eso?"

Remy pensó. "Bueno, diría que desde el momento en que nos conocimos. Pero oficialmente… ¿recuerdas cuando secuestraron a Hil y fui a tu casa buscándola?"

"Sí."

"Desde el momento que abriste la puerta y te vi a los ojos. Ese fue el momento cuando supe que no podía negarlo más. Eres mía y yo haré lo que sea necesario para hacerte mía."

"Oh," dije mientras un calor arrasaba mi cuerpo.

No sabiendo qué hacer conmigo misma, le pregunté, "¿Vas a venir a la inauguración del Centro Comunitario mañana?"

"Ese era mi plan."

"Bueno."

"¿Te importaría si hacemos algo para celebrar después?"

Me quedé petrificada. ¿Qué quería decir con celebrar? No es que no lo quisiera allí o celebrar con él. No había nadie con quien después preferiría estar. Este logro era tanto suyo como mío. Incluso cuando me había dejado, siempre estuvo allí para mí. Ahora yo quería estar con él.

"Nada extravagante," consintió.

"No prometo nada."

"Todo lo que dijiste fue lindo. Pero, no quiero que te hagas la impresión de que te he perdonado por dejarme de esa manera."

Remy asintió, entendiendo mi reticencia. "Entendido."

"Entonces, ¿nada extravagante?"

Remy sonrió. "No prometo nada."

Capítulo 10

Dillon

Hil y Cali salieron de la escalera saludando con entusiasmo para captar mi atención. Levanté la vista y vi el rostro radiante de Hil, sus ojos brillando con lágrimas contenidas.

"Acabo de estar en el centro de apoyo", dijo Hil, claramente emocionada. "Has hecho un trabajo fantástico, Dillon."

"Bueno, no fui sólo yo", respondí, emocionada por su reacción. "Muchas personas colaboraron. Es increíble la cantidad de trabajo y cooperación que se requiere para algo así."

Luego, agregué con reluctancia, "Remy también merece mucho del crédito."

Hil me interrumpió de inmediato. "No te atrevas a darle crédito a mi hermano por algo que él no tiene nada que ver. No después de cómo te trató."

Cedí sabiendo que Hil no había recibido una actualización sobre los acontecimientos desde el beso de la noche anterior. Pero incluso sin eso, no podía ignorar el papel que Remy había jugado en la formación del centro.

No sólo fue su idea, sino que yo era sólo una chica de 21 años que no sabía nada de nada. Él encontró a los diseñadores, los arquitectos, los reclutas, a todos. Y después de convertir la creación del centro en un test de selección múltiple, puso personas a mi lado que me señalaban las respuestas correctas.

Habría estado perdida si no hubiera sido por él. De hecho, eso no es cierto. Ni siquiera lo habría intentado hacer en primer lugar. No habría tenido la confianza ni el impulso para superar mis inseguridades. Sin decir una sola palabra en meses, Remy había cambiado el rumbo de mi vida.

"Hablando de acaparadores de crédito", murmuró Hil en voz baja.

"¡Mierda!" exclamó Cali al ver lo que venía después.

Al darme la vuelta para mirar a Remy, el deseo inundó mi cuerpo. Me odiaba por ello, pero había renunciado a intentar luchar contra mis sentimientos por él. No importaba lo que Remy hiciera, yo lo perdonaría. Porque a pesar de todo, Remy era un buen hombre, y no había nada que pudiera evitar que yo lo amara.

"¡Mierda, desde luego!" concordé, pero por una razón muy diferente.

Llamé a Remy con un gesto de la mano, ordenando mis emociones. Cuando se acercó, nos saludó con una sonrisa socarrona. "Pequeña", le dijo a Hil, asintiendo. "Vaquero", añadió, dirigiéndose a Cali.

Cali rodó los ojos, apretando la mandíbula. "Voy a por una bebida. ¿Alguien más quiere algo? No? Bien", dijo antes de alejarse.

"¿Por qué siempre lo tratas así? Eres un imbécil", le espetó Hil antes de apresurarse a seguir a su novio.

"¿Por qué siempre lo tratas así? ¿Sabes que es bueno para Hil, verdad?" le pregunté a Remy.

"Es el mejor hombre que conozco. Recibió una bala por mi hermana. Me refiero, ¡Dios!"

"¿Entonces por qué le dices esas cosas?"

"¿No te resulta un poco molesto que sea tan perfecto?" Remy respondió con una sonrisa. "Quiero decir, o eres una buena persona o tienes un pelo increíble. Debería decidirse."

"Sabemos lo que elegiste", dije, acariciando sus brillantes mechones negros.

"Sí. ¡Gracias!", respondió él resueltamente.

"Dillon", dijo Jimmy, acercándose.

Recordando quién era él y quién era Remy, me puse tensa. "Oh, Jimmy. Quiero decir, James. Este es Remy, el dueño del edificio y el financiador del centro comunitario".

La frente de Remy se arrugó de confusión mientras me miraba. "Yo no soy el dueño del centro. Pensé que tú sabías…"

Lo interrumpí. "James y yo fuimos al instituto juntos. Ahora, él trabaja en el FBI."

Las cejas de Remy saltaron hasta su perfecta línea de cabello. "¿En serio?"

"¿A qué división perteneces de nuevo?" le pregunté.

"Principalmente a la división de crimen organizado", dijo jovialmente.

"¿En serio?" preguntó Remy, volviéndose hacia mí, desconcertado.

"Hay mucha actividad de pandillas en la zona", expliqué. "Los niños que vienen aquí necesitan saber que estarán seguros. Así que, cuando me enteré de lo que James estaba haciendo, le pregunté si estaría interesado en colaborar con nosotros en proporcionar un espacio seguro para los niños. Y, por suerte para nosotros, aceptó."

"Crecí cerca de aquí. Sé cuánto hace falta un lugar como este."

"¡Totalmente de acuerdo!", dijo Remy, ocultando el pánico detrás de sus ojos. "¿Entonces lo hiciste socio oficial del centro?"

"Sí", dije, mirando fijamente a los ojos de Remy.

"¡Excelente! Mantén a tus amigos cerca. ¿No es así?"

"Así es", dijo Jimmy por primera vez, insinuando que sabía quién era Remy.

Remy apretó sus labios, intentando sonreír. "¿Dónde está Cali con esa bebida?"

"Perdónanos", dije siguiendo a Remy mientras se alejaba.

Cuando estábamos fuera del alcance auditivo de Jimmy, Remy susurró, "¿Te asociaste con la división de crimen organizado del FBI?"

"No con el departamento. Con James."

"Cierto. Porque definitivamente todo lo que descubra mientras usa esto como base de operaciones no saldrá de esta habitación", espetó Remy, genuinamente alterado.

"Remy, querías un centro comunitario en un lugar donde pudiera ayudar a la gente. Este es el lugar. Y asociarse con alguien como Jimmy es un mal necesario. ¿Hubieras preferido que en lugar de él fuera un narcotraficante de una de las bandas locales? Porque esas eran mis dos opciones."

Remy se calmó. "No estoy cuestionando tus decisiones, Dillon."

"Ciertamente parece que lo estás haciendo."

"No lo hago. Créeme, creo que has hecho un trabajo increíble. Este lugar nunca hubiera existido sin tu arduo trabajo y todo lo que has hecho. Gracias, Dillon. Eres increíble."

Permitiendo que su cumplido se asimilara, una sonrisa se iluminó desde la parte más profunda de mí.

"Te agradezco que digas eso." Miré a su hermosos y agradecidos ojos. "Y reconozco lo duro que has trabajado en esto también. Nadie más lo ve, pero yo sí."

Remy quería rodearme con sus brazos. Podía sentirlo. En su lugar, su mano subió y tocó mi brazo.

"Lo agradezco", dijo sinceramente. "Y, supongo que no soy el único al que le gusta vivir de manera arriesgada", dijo con una sonrisa.

Sonreí sabiendo que era cierto. "Supongo que no."

"A medida que avanzaba el día, presenté a Remy a todos allí. Con cada presentación, cada vez parecía más como si estuviera presentando a mi novio. Sabía que él no lo era y que nunca lo sería. Pero, esa era la energía entre nosotros.

La forma en que Remy me miraba no ayudaba. Era como si estuviera imaginando arrojarme a una cama, voltearme y tomar lo que quisiera.

Además, el hombre usaba cualquier excusa que podía para tocarme. Quiero decir, yo estaba haciendo lo mismo, pero yo no era el que estaba planeando mi boda; él sí. Yo era la que era demasiado tonta para dejar de enamorarme de un chico que estaba planeando su boda. Así que se me permitía.

De pie frente a todos después de que Hil insistió en que diera un discurso, reflexioné sobre qué debería decir. Mirando a mi madre, que había estado hablando con la madre de Remy, me vino la inspiración.

"Me gustaría agradecer a todos por estar aquí", comencé. "También me gustaría agradecer a todos los que han aceptado trabajar como voluntarios para el centro. Nací muy cerca de aquí. solía ver este edificio casi todos los días. Nunca me podría haber imaginado que se convertiría en un lugar que podría mejorar las vidas de los niños."

Hice una pausa y bajé la cabeza al recordar mirando las luces, deseando que mi padre me aceptara.

"Pienso que es importante que todos sepan aquí que siempre he sido insegura acerca de mi apariencia, especialmente de mi peso. Creía que era importante que lo mencionara. Al crecer en este barrio, no siempre creí que sería aceptada por lo que era.

"Quiero que este espacio sea el primero de muchos lugares en esta comunidad donde las personas puedan sentirse cómodas consigo mismas de cualquier manera que sea. Alguien alguna vez me dijo que cuando aceptas tu verdadera identidad, eres recompensado. Bueno, yo soy insegura, y soy mestiza, con una madre negra y un padre blanco que no quería saber nada conmigo. No sé por qué no quería. Pero así era.

"Esas cosas me han formado. A menudo, he huido de ellas. Pero esa es mi verdadera identidad.

Quiero que este centro sea un lugar donde todos se sientan seguros siendo ellos mismos. Porque creo que si eres fiel a ti mismo, la vida te recompensará", dije mirando a Remy.

Caminé lejos entre un estruendoso aplauso. Todos me felicitaron, comenzando por Hil.

"Nunca me hablaste de tu padre", me dijo.

"Nunca preguntaste", respondí con una sonrisa.

"Siempre pareció un tema que no querías discutir."

"Supongo que no lo hice." Suspiré. "Porque era difícil."

"Oh, Dillon", me dijo, atrayéndome hacia un abrazo. "¿He sido buena amiga para ti?"

"Hil, has sido la mejor amiga que podría desear. Gracias por todo lo que has hecho por mí."

"No creo que hubiera sobrevivido a mi vida sin ti", respondió Hil, su voz quebrada.

"Por favor, no llores. Si lo haces, yo seré la siguiente y nunca lograré superar el día de hoy", bromeé.

Hil me liberó y rió. "Ve a hacer lo que tienes que hacer. Puedes con esto", me animó, impulsándome a seguir adelante.

Cuando las cosas empezaron a tranquilizarse, el único con quien no había hablado era Remy. Le había mantenido a la vista todo el día. Se había mostrado encantador, como siempre. La mayoría de las señoras mayores y todos los hombres homosexuales con los que había hablado se habían enamorado de él, porque, por supuesto, lo habían hecho. ¿Quién no lo haría? Y después de que todos, excepto el equipo de limpieza, se habían marchado, Remy se acercó a mí, luminoso.

"Has sido increíble hoy", dijo, regalándome nuevamente esa mirada.

"Gracias."

"Sabes, cuando te sugerí que hicieras esto, no pensé que realmente lo harías."

Lo miré, sorprendida. "¿No creías en mí?" Pregunté, golpeando su brazo.

"No, quiero decir que sabía que eras capaz. Simplemente no pensé que lo harías. La única razón por la que sugerí esto fue como excusa para poder verte todos los días."

"Bueno, eso no sucedió", dije, sarcástica.

"No, no sucedió."

"No."

Podía ver sus pensamientos revoloteando. Estaba a punto de preguntarle qué le rondaba la cabeza cuando él me preguntó,

"¿Estás lista para tu sorpresa ahora?"

Un destello de emoción me recorrió.

"¿Qué es? ¿Has preparado una cena elegante para mí en la azotea?" Pregunté, buscando desesperadamente pistas.

"No. Pero esa habría sido una gran idea", dijo convencido. "Yo, bueno, solo pensaba compartir una barra de chocolate contigo en mi coche."

Mi boca se abrió de par en par.

"Dijiste que no querías que hiciera nada extravagante, ¿verdad?"

"No, tienes razón. Eso es lo que dije", admití, sin estar segura de si estaba bromeando.

"Entonces, ¿quieres esa barra de chocolate ahora?"

Miré a mi alrededor, preguntándome si me estaban jugando una broma. Cuando no vi a un equipo de cámaras saltar, volví la mirada a Remy.

"¿Eh, seguro?"

"Genial", respondió Remy, guiándome hacia la salida. "No te confundas, es una barra de chocolate exquisita. La encontré en una tienda especializada. Creo que te gustará."

"Vale", dije, siguiéndolo a través de la calle hasta su lujoso coche.

Al entrar, preguntó, "¿Estás lista para esto?"

"Supongo", dije, tratando de ocultar mi decepción.

Remy estiró el brazo por encima de mi regazo y abrió la guantera. Al hacerlo, vi que estaba vacía.

"¡Vaya mierda!", exclamó con los ojos cerrados. "La dejé en la encimera. No puedo creer que me la haya olvidado. Lo siento mucho", se disculpó de verdad. "¿Te importaría mucho si vamos a buscarla? Si no te sientes cómoda volviendo a mi casa, podría llevártela mañana."

Remy no estaba bromeando. Estaba hablando en serio. Después de todo su discurso sobre celebrarlo, esto era todo lo que había preparado. Si hubiera sabido, habría planeado algo con Hil. ¿Cuántas veces tendría que defraudarme Remy antes de que me diera cuenta?

"Supongo que podemos ir a buscarla ahora", dije, ya sin ocultar mi decepción.

"No tenemos por qué hacerlo", dijo, viendo la expresión en mi rostro.

"No, no tengo nada más que hacer", dije tajante.

"Bien", dijo con una sonrisa suave. "Te prometo que merecerá la pena."

"Será mejor que sea una barra de chocolate increíblemente deliciosa", masapullé, sin atreverme a mirarlo.

"Lo será", dijo, arrancando su coche y arrancando.

Mientras conducíamos, me sumergí en mis pensamientos, mirando por la ventana del acompañante. ¿Cómo había permitido que me enamorara de él nuevamente? No era más que desilusión tras desilusión. Realmente era patética.

"Ya hemos llegado", dijo Remy, sacándome de mis pensamientos.

Al mirar, no estábamos en su casa. Estábamos en el aeropuerto. Pero no en LaGuardia o JFK, sino en uno destinado a aviones privados. El coche estaba aparcado a unos 10 metros de un jet.

"¿Qué está pasando?" pregunté, confundida.

Remy me miró, igualmente perplejo. "¡Oh! Creías que me refería a mi casa en Nueva York. No." Eso fue cuando esbozó su primera sonrisa. "¿Sigues dispuesta a ir?"

No sabía qué pensar. "Yo…"

"Solo sí o no", dijo, sosteniéndome la mirada.

"Sí."

La palabra salió antes de que pudiera pensarlo.

"Bien", dijo, saliendo del coche y entregando sus llaves a un asistente.

Al parar para ofrecerme la mano al pie de las escaleras, miré hacia arriba, al avión. No era pequeño.

"Remy, ¿qué está ocurriendo?"

"Vamos a buscar ese chocolate. Me dijiste que no querías que hiciera nada ostentoso. Así que lo mantengo sencillo", dijo, sin poder ocultar ya su sonrisa traviesa.

Sentí una oleada de calor al darme cuenta de que Remy era quien pensaba que era. Sonriendo, tomé su mano y subí las escaleras. Dentro había una cabina luxosa decorada con sofisticados asientos de piel beige y una iluminación tenue. A pesar de su tamaño, se sentía íntima y acogedora. Mientras me acomodaba en uno de los cómodos asientos, Remy me susurro al oido.

"Ponte cómoda."

"Supongo que no me dirás a dónde vamos", le pregunté mientras se abrochaba el cinturón en el asiento del otro lado del pasillo.

"A buscar el chocolate", respondió, orgulloso de sí mismo.

Una vez en el aire, miré hacia abajo. Rápidamente nos encontramos rodeados de agua. No sabía qué pensar. Afortunadamente, no tuve mucho tiempo para ello. Con el avión nivelado, una azafata instaló una mesa delante de mí. Cuando estuvo lista, Remy se sentó al otro lado de la mesa.

"Estoy seguro de que debes tener bastante hambre a estas alturas. Espero que no te importe que haya organizado la cena."

"Claro que no", respondí antes de que hiciera una señal al azafato.

No había estado en muchos aviones, así que no tenía mucha experiencia con la comida de a bordo. Pero nunca imaginé que pudiera ser tan buena. Habíamos tenido una ensalada llamada como un emperador, un filete con el nombre de un jugador de baloncesto y de postre, un helado con el nombre de un estado. ¿Acaso todo lo que se servía en un avión llevaba el nombre de algo?

"No lo sé, estás rozando peligrosamente el límite de lo 'sofisticado'."

"¿Esto? No, esto simplemente era lo que tenían. Créeme, si hubiera habido hot dogs, eso es lo que habríamos comido. Si algo caracteriza a este hombre, es que siempre sigo las reglas", afirmó, exudando encanto.

Me reí. "Sí, claro. Dime alguna vez en tu vida que decidiste seguir las reglas."

Remy tuvo que pensar un poco, pero sí tenía una respuesta. De hecho, tenía varias. Y la conversación que siguió fue la más larga que jamás había tenido con él. Mirándolo, nunca habría adivinado cuán profundas eran sus reflexiones.

"¿Cómo fue crecer como lo hiciste?", le pregunté.

"¿A qué te refieres exactamente? ¿Te refieres a tener acceso a una cantidad ilimitada de dinero porque estaba oculto en cada rincón de nuestra casa? ¿O a trabajar para mi padre, que también era el jefe de la mafia más temido de Nueva York? ¿O tener que demostrarme cada día delante de tiburones que olían la sangre en el agua?"

"Háblame de las chicas", le dije, sabiendo que en todos los años que lo conocía, nunca mencionó a ninguna.

"¿Por qué querrías hablar de eso?"

"No lo sé. Quizás me resulta excitante", sugerí con coquetería.

"¿Por qué no me cuentas acerca de tus chicos?", propuso, inclinándose hacia adelante, interesado.

"No evadas la pregunta, señor Elusivo. Te pregunté sobre tus chicas. Sé que ha habido muchas."

Remy parecía herido al hablar de ellas.

"¿Qué quieres que te diga?"

"¿Ha habido alguien especial?", le pregunté, ocultando el miedo que sentía por su respuesta.

"No."

"¿Nadie?"

"No, en realidad no."

"¿Por qué?"

Remy suspiró profundamente.

"Supongo que hay un montón de razones. Una de ellas, nunca me sentí cómodo arrastrando a alguien a mi mundo. Es demasiado pedir. Por eso no dejaba que nadie se acercara demasiado."

"De ahí su encanto embriagador."

"¿A qué te refieres?"

"Eres muy encantador, Remy. No finjas que no lo sabes. Pero es algo similar a cómo siempre te burlas de Cali, ¿no es cierto? Es porque no quieres revelar quién eres en realidad, que es un hombre suave y cariñoso."

"¿Qué estás intentando hacer, que me maten? Porque en el mundo en el que crecí, eso es lo que pasaría con el tipo que has descrito."

Mi corazón se rompió por Remy.

"¿Cómo fue crecer pensando eso? Debiste haber pasado un infierno."

Los ojos de Remy se alejaron de los míos. Por primera vez, vi su verdadero yo, aquel que se protegía para preservarse y lo odiaba. Su encanto había desaparecido. Sus defensas estaban caídas. Era solo él, el chico al que había entrevistado desde que tenía 14 años.

"No es divertido", admitió, mostrando la tensión por el peso que llevaba.

"Lo siento", le dije, inclinándome hacia adelante en la mesa y pidiéndole la mano.

Mirando mis manos, pensé que no las tomaría. Pero con renuencia, lo hizo. Y por un momento, estuve con el hombre que siempre supe estaba sepultado dentro. Era una versión de Remy que amaba.

Nos mantuvimos en silencio durante un rato hasta que la azafata nos ofreció bebidas, rompiendo la tensión. Eso estuvo bien porque nos permitió retomar la conversación. Cuando lo hicimos, Remy me contó sobre sus hobbies y sus programas de televisión favoritos. Incluso hablamos sobre nuestro estilo de ropa interior favorito. A él le gustaban los bóxer ajustados. ¡Delicioso! A mí me gustaban los bikini.

"Agradable", dijo con suficiente insinuación como para hacerme ruborizar. "Tendrás que modelarlos para mí. Quizás conseguirás que cambie de opinión."

"Quizás lo haga", le respondí, sintiendo el alcohol y deseando sus grandes manos por todo mi cuerpo.

Cuando el avión comenzó a descender, ya era de noche afuera. ¿Cuánto tiempo había pasado?

"¿Dónde estamos?", pregunté, viendo las luces de la ciudad debajo de nosotros. Al escanear el paisaje, de repente lo supe. "¡París! ¡Estamos en París!"

"¿Estamos?", preguntó Remy inocentemente.

"¡Esa es la Torre Eiffel!", exclamé.

"¿Seguro que no es Vegas?", preguntó, jugando con mi corazón.

Rápidamente volví a mirar por la ventanilla. Al hacerlo, el avión giró, dándome una mejor vista.

"Ese es el Arco de Triunfo… y el Louvre", dije, girándome para enfrentarlo, emocionada.

"Entonces, supongo que estamos en París", dijo casualmente.

Lo miré como un niño en Navidad. Estaba sin palabras. Él simplemente se quedó allí, complacido consigo mismo. No podía decidir si quería abofetearlo o rasgarle la ropa y montarlo en bruto.

Al aterrizar, había un coche en el aeropuerto esperándonos. En el camino hacia donde quiera que fuéramos, no podía dejar de mirar todos los lugares que pasaban volando.

"¿Qué hora es?", pregunté, notando las calles vacías.

Remy miró su reloj.

"Las 5:30 de la mañana."

Di vuelta hacia la ventana. Todavía no podía creer lo que estaba viendo. Esta no era mi primera vez fuera del país. Me uní a Hil y su familia en un viaje a las

Bahamas hace algunos años. Pero como era tan cercano, no se sentía extranjero. Esto sí. Casi perdía la cabeza de la maravilla.

Para cuando llegamos a un increíble edificio de piedra y entramos en un estacionamiento subterráneo, el sol había comenzado a alzarse. Tomando un ascensor a un apartamento con techo de cuatro metros de altura, ventanas que cubrían toda la pared y un balcón lleno de árboles que podía alojar a 20 personas, entramos.

"¡Ahí está!", dijo Remy, llamando mi atención hacia la barra de chocolates en la mesa de café. La mesa estaba entre los dos sofás de esquina más grandes que jamás había visto.

Recogiéndolo, Remy me mostró su envoltura roja.

"Se llama Côte d'Or. ¿Te gustaría probarlo?" preguntó con picardía.

"Quiero decir, hemos venido hasta aquí", respondí con una sonrisa.

Remy lo desenvolvió y partió un pedazo de chocolate.

"Cierra los ojos", dijo, acercándose a mí.

Lo hice.

"Ahora abre la boca. Sólo deseo que te concentres en el olor y el sabor. Nada más."

Cuando lo acercó a mis labios, el chocolate fue en lo último que puse mi atención. En su lugar, me perdí en la sensación del aliento caliente de Remy en mi piel, y el olor de su suave perfume llenaba mis fosas nasales. La tensión que creó me estaba volviendo loca.

Cuando el chocolate tocó mi lengua, su rica y sedosa textura comenzó a derretirse. La explosión de sabores danzaba en mi boca con un balance perfecto entre dulce y amargo. Fue una sinfonía de sensaciones.

"Guau", murmuré, con los ojos aún cerrados.

"¿Te gusta?" preguntó Remy con suavidad.

"Es impresionante."

"Puedes abrir los ojos."

Cuando lo hice, vi a Remy observándome con un deseo intenso. La profundidad de su mirada me hizo estremecer. No pude hacer otra cosa más que quedarme mirándolo.

"Podemos volver ahora si quieres."

"¿A Nueva York?" pregunté, divertida.

"Si quieres."

"Quiero decir, ya que estamos aquí, sería una pena no ver un poco de París."

"Me encantaría mostrarte la ciudad", dijo con una vibración en la voz que me recorrió hasta el último rincón de mi ser.

"Me gustaría eso", le dije, incapaz de resistirme a ninguna de sus sugerencias.

"Te mostraré tu habitación. Deberías descansar. Hay mucho por ver."

Cruzando una puerta en mitad del pasillo, entré a un elegante dormitorio con ventanales y una suave iluminación que bañaba la habitación con un cálido resplandor.

"¿Y tú dónde estarás?" pregunté, esperando que dijera que aquí.

"Mi habitación está al final", respondió, dejándome sin aliento. "Encontrarás un cambio de ropa en el armario. No deberías echar nada en falta."

"¿Y si te necesito?" inquirí, mirándolo directamente a sus seductores ojos.

"Sabes dónde encontrarme", dijo, derretiéndome al irse.

Estuve a punto de explotar al verlo marchar. Nunca había deseado a nadie tanto. Parte de mí quería perseguirlo por el pasillo y saltarle encima como a un pura sangre. ¿Me habría detenido? ¿Podría detenerme yo misma?

Por suerte, no tuve que averiguarlo. Desapareciendo en su cuarto, cerró la puerta. Eso fue suficiente para romper la presa que me mantenía en pie. Cuando desapareció, me retiré a mi propia habitación.

"¿Cómo acabé aquí?" me pregunté mientras mi corazón latía desbocado.

Mirando a mi alrededor para centrarme, no pude evitar fijarme en el lujo: la alfombra mullida, los robustos muebles, y la vista desde el balcón cerrado. Me quedé sin aire al captar todo.

Aproximándome al armario, abrí lentamente las puertas. Tan pronto como lo hice, el aroma a cedro me envolvió. Embargó todos mis sentidos. Cerrando los ojos y abandonándome a esa sensación, me calmó.

Abriendo los ojos tranquilizada, exploré la ropa que tenía delante. Había algo para cada ocasión. Pasando mis dedos por encima, todo estaba hecho con materiales de gran calidad. La lana de los trajes, la seda de las camisas, incluso los pantalones casuales eran de una suavidad inexplicable. Pero, más que eso, todo era exactamente de mi talla.

Volteándome desde el armario hacia la cama, quedé igual de impresionada. No solo era tan grande que tendría que subirme a ella, sino que la sábana de satén flotaba sobre el colchón como si envolviera una nube. Parecía increíblemente cómoda. Y, sin poder resistirme, salté sobre ella sintiendo cómo el aire cosquilleaba mis oídos mientras el edredón se acomodaba a mi alrededor.

No pensé que sería posible quedarme dormida con toda la excitación que me recorría, pero supongo que estaba equivocada. A medida que mis músculos se relajaban y mi mente soltaba las amarras, la fatiga acumulada por la gran inauguración, el largo viaje en avión y el desfase horario, se apoderaron de mí. A medida que mis párpados se iban haciendo pesados, no intenté resistirme. Me encontraba en el único lugar donde siempre quise estar. Y con mi corazón hinchándose cada vez más, dejé ir mis pensamientos y me entregué al sueño.

Cuando desperté, lo primero que sentí fue una oleada de pánico. ¿Cuánto tiempo había pasado? Me levanté de la cama de un salto, salí de mi cuarto dirigiéndome al de Remy. Al oír el tintineo de una cuchara en una taza de café, cambie de dirección. Al volver a entrar en el salón, encontré a Remy sentado en el sofá cerca del balcón, absorto en un libro. Al levantar la vista y verme, me miró con preocupación.

"Dillon, ¿qué te ocurre?" Preguntó, preparándose para correr hacia mí.

"He dormido todo el día", le contesté, angustiada. "¡Me he perdido todo!"

Remy me sonrió, una calidez en sus ojos que disipó mi ansiedad.

"Tranquila, Dillon. Nada importante sucede en París antes del mediodía", me tranquilizó. "Todavía tenemos todo el día por delante."

Exhalé con alivio, sintiéndome un poco avergonzada por mi exageración. Remy se rió.

"No te rías. Estaba preocupada", le dije en serio.

"Sé que lo estabas. Eso es lo que lo hace gracioso", respondió Remy, juguetón.

Hice un bufido ante su broma y, a cambio, él extendió sus brazos.

"¡Ah, ven aquí!", me ofreció.

Quizás todavía estaba medio dormida. Quizás había algo más. Pero en cualquier caso, al ver sus brazos abiertos, me metí en ellos. Acurrucándome contra él, me sostuvo. Hubiera querido quedarme ahí para siempre.

"Tengo dos preguntas", anuncié cuando la emoción de estar en París me embargó de nuevo.

"¿Cuáles?"

"La primera, ¿lees? La segunda, ¿desde cuándo lees?"

Levanté mi mirada hacia Remy, quien sonreía. Tocándola tapa dura del libro en sus manos comentó: "Sí, leo, y siempre he leído. Mi siesta fue más corta que la tuya, así que decidí tomarme un café y avanzar algo en mi lista de lecturas en francés."

Observé a Remy, desconcertada.

"¿Cómo es que nunca te vi leer antes?"

"No has visto muchas cosas que hago. Por ejemplo, ¿sabías que también me ducho?"

"Eso sí lo he visto", afirmé casualmente.

"¿Qué? ¿Cuándo me has visto duchándome?"

"Tu familia tiene una costumbre muy despreocupada de dejar las puertas del baño abiertas", le recordé, pensando en todas las veces que lo había sorprendido a él y a Hil.

Remy estalló en carcajadas. "Supongo que es cierto. Somos franceses".

"Quiero decir, más o menos. No creo que puedas ser francés si has crecido en América. A mi ver, eres tan estadounidense como yo. Y los estadounidenses siempre cierran la puerta del baño."

Remy rió. "Tendré que recordarlo".

"Dije que los estadounidenses lo hacen. No he dicho que deberías hacerlo.", le aclaré con picardía.

"Oh, ¿y por qué no debería hacerlo?"

"No lo sé. ¿Y si hay una emergencia o algo así?", le sugerí.

"¿Una emergencia? ¿De qué tipo?"

"¿Y si alguien necesita verte en la ducha? ¿Cómo podría hacerlo si la puerta está cerrada con llave?", pregunté intentando ocultar mi sonrojo.

"Supongo que tendrían que pedir permiso. Simplemente tendrían que preguntar", respondió mientras me miraba intensamente a los ojos.

Tragué saliva, preguntándome a dónde nos llevaba esta conversación. No dejaba de pensar en nuestro beso desde que había ocurrido. Pero muchos eventos me habían distraído desde entonces. Después de eso, fue el vuelo en un jet privado a París. Y ahora, todo eso estaba detrás. Delante de mí estaba Remy, con sus ojos brillantes y sus suaves labios rosados.

"Deberíamos buscar algo de comer", propuse tratando de controlar mis emociones.

Por muy mucho que lo deseara, no podía olvidar que él no era mío. Aunque no quisiera aceptarlo, él estaba comprometido y yo no quería ser esa persona. No quería ser su último pensamiento.

"¿Tienes hambre?", preguntó Remy, soltándome un poco.

"Sí", respondí, sintiendo cómo se alejaba y preguntándome si había cometido un error al no besarlo.

"Conozco el lugar perfecto", comentó haciéndome un gesto para que me levantara. "¿Quieres ducharte primero?", propuso con una sonrisa pícara.

"Debería hacerlo", admití, poniéndome de pie.

"¿Vas a dejar la puerta del baño abierta?", preguntó insinuante.

Fingiendo cerrar una puerta con llave, me di la vuelta y me fui. No tenía muy claro por qué había hecho eso. Pensé que sería divertido, dado el tema de conversación sobre los estadounidenses. Pero no quería que él pensara que no era bienvenido en mi ducha.

¿O sí lo era? Me pregunté mientras me dirigía a mi habitación y entraba en el baño privado adjunto. Desnudándome, me miré en el amplio espejo ovalado que se alargaba a mis lados. Me contemplé, desnuda, mi cuerpo esbelto reflejado en el espejo. Deslizando mi mano por mi pecho, imaginé cómo sería tener las grandes manos de Remy sobre mi piel morena.

Eso me hizo estremecer. Agarrando mis pechos, apreté imaginando que era Remy quien lo hacía. Mi cabeza se echó hacia atrás de placer.

Con los ojos cerrados, visualicé a Remy inclinándose y besándome los labios. Era suave pero decidido. Y cuando abrí la boca, su lengua entró.

Estando detrás de mí desnudo, podía sentir su gran miembro. Sería incluso más grande que lo que había visto cuando lo interrumpí cuando era una niña. Y probando mi entrada, entraría como si estuviera hecho para él.

Frotándome el clítoris, imaginé a Remy haciéndolo mientras me poseía. Grité de placer. Era tan grande. Todo en él me hacía sentir tan pequeña.

Levantándome en el aire, mis piernas se enrollarían alrededor de las suyas. Y perdiéndome en el ritmo de sus embestidas, me tomaría con más y más fuerza hasta que estallara.

"Ahh", gemí, oyendo el tono resonar en la gran habitación vacía.

Recuperando la respiración, me incliné hacia delante, apoyándome en el lavabo. Mi mente estaba chispeando. Quería desesperadamente sumergirme en sus brazos. Pero cuando el mundo real comenzó a regresar a mí, mi realidad emergió.

Al abrir los ojos, lo primero que vi fue a mí misma en el espejo. La chica anhelante que me devolvió la mirada me entristeció. Durante tanto tiempo, nadie la había amado. Había tenido encuentros esporádicos con chicos en la universidad, pero nunca había sido más que un cuerpo cálido para ellos.

Solo habían existido dos personas que afirmaron preocuparse más. Pero después de Hil y mi madre, nadie más lo hizo. Podría perderme en las calles de París y nunca regresar, y solo dos personas me extrañarían.

Mirando los rastros de mi placer, rápidamente los limpié y me dirigí a la bañera independiente con su ducha manual. Mientras el agua caía sobre mis rizados cabellos hasta mi cuero cabelludo, reconsideré lo que acababa de pensar.

¿Podría desaparecer y no regresar nunca? Eso podría haber sido cierto hasta ayer, pero acababa de abrir el centro comunitario. ¿Seguía siendo cierto?

Mientras el agua tibia caía sobre mi cuerpo, pensé en qué pasaría si desaparecía y nunca regresaba al centro. Sí, había puesto a todas las personas necesarias para que funcionara sin mí, pero aún tenía responsabilidades. Había gente que dependía de mí. Si volvía o no, importaba.

Dejé que ese pensamiento rodara en mi mente. Era una nueva forma de verme a mí misma. Durante tanto tiempo, no importé a nadie. Ni siquiera a mi padre le importaba si vivía. Pero eso ya no era cierto. Ahora era necesitada… y eso se sentía bien.

Remy me había dado esto. El trabajo, la ropa, el lujoso apartamento, nada de eso se comparaba con este regalo. Y probablemente ni siquiera sabía lo que había hecho.

Terminando, me sequé con una toalla y me vestí. Cuando volví a la sala de estar, justo a tiempo para verle salir de su habitación. ¿Cómo era posible que de repente hubiera algo en él que le hiciera parecer aún más atractivo? Ya había sido guapísimo antes, pero ahora, lo único que podía hacer era morderme el labio y esperar que no notara lo sonrojada que estaba.

"Pareces refrescada", me dijo, mirándome divertido. "¿Cómo ha ido la ducha? ¿Bien?"

"Sí", dije, esforzándome por hablar.

"¡Genial! Como probablemente habrás deducido, mi puerta estaba abierta, ya sabes, en caso de emergencia. Supongo que no surgieron emergencias."

Rié chiquillamente como si tuviera diez años. Lo notó y rió a carcajadas. Tenía que mantener la compostura. Podría ser una idiota, pero no tenía por qué comportarme como tal.

"Quiero decir, el lugar no estaba en llamas, así que…" dije, intentando recuperar mi dignidad y fracasando.

"¿Voy a tener que incendiar el lugar para que entres ahí? Bueno. Recuérdenme que recoja cerillas más tarde."

Sólo pude responder riéndome. Vale, ahora ya estaba haciendo que me riera a propósito. ¿Le producía un placer enfermizo verme humillarme a mí misma? Era un gilipollas, un irresistiblemente guapo gilipollas.

"Comida", dije, cambiando de tema con la única palabra que podía sacar de mi boca.

"¡Correcto! Y de nuevo, conozco el lugar perfecto", me dijo con una sonrisa.

Como dije, el tipo era un gilipollas. Porque el lugar que eligió era un café con vistas al río. Sentados en la terraza, compartíamos tostadas francesas y una cesta de cruasanes mientras disfrutábamos de nuestros cafés. Era como una película. Y cada segundo que pasaba, me enamoraba más de él.

Al salir del café, Remy me llevó a los famosos Campos Elíseos, donde insistió en que hiciéramos compras. Pensaba que se refería a él hasta que entramos en la tienda más cara que había visto en mi vida y comentó,

"Busquemos algo atrevido para ti. Siempre te vistes de manera muy conservadora. Necesitas algo que atraiga la atención de todos. Deben verte como yo te veo", guiándome por una tienda de gama alta en la Avenida Montaigne que hizo llorar a mi monedero.

"Esto", dijo, eligiendo una chaqueta y unos pantalones de un perchero.

"¿Sin camiseta?" pregunté, mirando la selección.

"¿Con un cuerpo como el tuyo?" respondió entre risas. "Sería un desperdicio. Anda", me animó.

Probándome ese conjunto y otros, y luego desfilando para él, me sentía como una muñeca. Cada vez que pasaba sus manos por las costuras para comprobar cómo se ajustaban, mi corazón latía con fuerza. Tenía que darse cuenta de lo que me estaba haciendo, ¿verdad?

Estar ahí sin poder tocarlo era tortura. Y la forma en que me miraba cuando encontraba un atuendo que le gustaba ponía en mi cabeza pensamientos de él empujándome hacia el vestidor, quitándome la ropa y tomándome a su antojo.

"Tal vez con estas gafas, para resaltar tu lado intelectual", sugería, acercándose y poniéndome unas gafas de sol ligeramente tintadas. Su aroma me envolvía. Mis rodillas flaqueaban al sentir su aliento en mi mejilla.

"O este vestido para resaltar tus curvas", continuó, envolviendo mis costados con sus grandes y poderosas manos.

Mirándolo en el espejo, su irritante y encantadora sonrisa se reflejaba. Sí, sabía exactamente lo que me estaba haciendo. ¡Maldición, no iba a ceder! Resistiría todo. Pondría un muro entre nosotros de cincuenta pies de altura. No lo dejaría acercarse.

Pero, con cada momento que pasábamos juntos, mi determinación se desmoronaba. Con cada toque, ser responsable de Remy se volvía insoportable. Estaba entrando en terreno peligroso, y no podía pararme. Así que cuando salíamos de las tiendas con el sol proyectando hermosas franjas amarillas y naranjas por las calles de París, entrelacé mis dedos con los suyos.

Fue suficiente para calmar los gritos en mi cabeza. Durante ese breve tiempo, le tuve. Era mío. Era todo lo que me permitiría con el hombre comprometido a mi lado. Y por el momento, eso me bastaba.

"Este es uno de mis sitios favoritos", dijo Remy mientras nos acercábamos a un restaurante informal pero bullicioso para cenar.

"¿Qué lo hace tu favorito?", pregunté, deseosa de saber más sobre él.

"No lo sé. Es sencillo."

Reí. "Pensé que te gustaba lo pretencioso."

"¿Yo? ¿Estás de broma? Todo lo que necesito es una botella de Château Pétrus Pomerol y un poco de Époisses de Bourgogne en una galleta y no podría ser más feliz." Remy hizo una pausa. "Vale, lo reconozco. Pero aún así lo niego."

"Ahh, el pobre niño rico no puede reconocer su privilegio", le provoqué.

Eso le descolocó. "Te he traído aquí por la sopa de cebolla. ¿Qué podría ser menos pretencioso que eso?"

"¿Qué tal cualquier cosa?", repliqué, asombrada.

"Pero estamos en Francia. Aquí simplemente se llama sopa de cebolla."

Le miré y negué con la cabeza. Estaba tan despistado que era adorable. Y mientras degustaba lo que debía ser la sopa más increíble de mi vida, me divertía observando el gesto adusto del chico mimado sentado frente a mí.

Aún fruncía el ceño cuando salimos del restaurante y nos dirigíamos a por el postre.

"¿Estás bien?" pregunté, tomando de nuevo su mano.

"¿Has visto cuánto queso he añadido a la sopa? No soy pretencioso. No podría ser más básico aunque lo intentara."

"Remy, has pedido extra de Gruyère", señalé.

"¿Y qué? Ese es el queso que se pone en la sopa de cebolla."

Me reí. "Remy, eres pretencioso. Acéptalo. ¿Por qué te molesta tanto?"

"Porque no quiero que haya una distancia entre nosotros."

"¿Una distancia? ¿A qué te refieres?"

"No quiero que haya una parte de mi vida en la que tú no te sientas cómoda", dijo, entrelazando mi mano con su brazo.

"Quizás no importe que no seamos exactamente iguales. Quizás nuestras diferencias sean lo que el otro necesita. Y al ser nosotros mismos el uno con el otro, llegaremos a un lugar al que no podríamos llegar por nosotros mismos", confesé vulnerablmente.

"¿Así que, estás diciendo que existe un 'nosotros'?" replicó Remy, engreído.

"¿No has escuchado nada de lo que acabo de decir?"

"¡No! Pero he confirmado que existe un 'nosotros'. ¿Has dicho algo después de eso?" preguntó, complacido consigo mismo.

Rodé los ojos y negué con la cabeza. "¡Hombres!"

"¿No los adoras?" se burló Remy.

"¡Apenas!" bromeé.

Probando una variedad de postres, nos adentrábamos y salíamos de las luces de la calle, encontrando nuestra ruta de regreso al Sena. Caminábamos por los adoquines junto al río mientras el bullicio de la ciudad se desvanecía en el fondo, ambos perdidos entre los dulces. Cada uno era mejor que el siguiente. Y cuando todo se acabó, ambos estábamos llenos y en silencio.

"No podría haber imaginado un día mejor", le dije mientras las luces de la calle se reflejaban en el agua ondulada.

"Este podría ser mi día favorito de todos", admitió Remy, sin mirarme mientras lo decía.

"¿Qué ocurre?" le pregunté, tirando de su brazo hacia mí.

"Deberíamos volver. Hay cosas que quiero mostrarte por la mañana y ninguno de los dos ha dormido mucho."

"No estoy segura de que dormir esté en mis planes más próximos. ¿Estás seguro de que no quieres detenerte en un bar para probar un poco de vino francés?" pregunté, sin querer que el día terminara.

Se volteó para mirarme. Sus ojos estaban llenos de tristeza. No entendía. ¿Dónde estaba el coqueto perpetuo que me había vuelto loca todo el día?

"No. Deberíamos dar por terminada la noche. Pero, mañana", dijo con melancolía.

"Vale", respondí, ocultando mi decepción.

¿Estaba sucediendo nuevamente? ¿Me había hecho enamorarme de él antes de quitarme el suelo de debajo de mis pies?

No. No iba a dejarme llevar por ese camino. Había más en Remy que un simple coqueteo. Durante los últimos meses, había hecho más por mí de lo que hubiera podido soñar. Si su humor había cambiado, o si decidía que ya no quería estar conmigo, debía haber una buena razón para ello.

No iba a permitir que me lastimara. Pero tampoco podía dudar que se preocupaba por mí. Tenía que dejarle ser él.

"No estás molesta, ¿verdad?" Remy preguntó, evidenciando lo poco que estaba ocultando lo que me sentía.

"Remy, incluso si lo estuviera, espera un minuto, cambiará."

"¿Tus sentimientos y el tiempo, eh?"

Sonreí amargamente, admitiendo que era cierto.

Con eso, Remy envolvió su brazo alrededor mío de forma fuerte. Fue un buen premio de consolación. Caminando de vuelta a su exquisito apartamento, sostuvo mi cara entre sus manos y me miró con ansias.

El calor me recorrió el cuerpo. No podía decir si venía de él o de mí. De cualquier practica-forma, veía que él me deseaba tanto como yo a él. Entonces, ¿por qué no se estaba inclinando hacia mí? ¿Por qué no me estaba besando?

"Buenas noches", dijo, tocando mis labios con su frente.

"Buenas noches", le respondí, haciendo lo posible por esbozar una sonrisa antes de que me soltara y desapareciera en su habitación.

Escuché en silencio. ¿Había cerrado la puerta con llave? No parecía que lo hubiera hecho. ¿Era esa mi invitación? No creía que lo fuera.

Decepcionada, me dirigí a mi habitación, me desvestí y me acosté en la cama. Soñé con Remy. En el sueño, intentaba girar la manija de mi puerta. Al encontrarla desbloqueada, entró y me encontró desnuda y dormida.

Incapaz de resistirse a la vista, se posó encima de mí y devoró mi cuerpo. Verlo hacerlo como si mi cuerpo fuera ajeno, me dolía anhelarlo. Y los gritos que emitíamos ambos mientras él me dominaba, me volvían loca.

Al despertar sola en mi cama, mi corazón latía. Al darme vuelta para escapar de la luz de la mañana, descubrí que mis sábanas estaban mojadas. Dios mío, era como si tuviera 14 años soñando con el único chico que jamás he querido.

Remy siempre había sido el único chico que jamás había deseado. Anhelaba genuinamente a ese hombre.

Fue entonces cuando me di cuenta de algo. Tomado o no, nunca seria capaz de dejar de sentir lo que sentía por él. Tenía que aceptarlo.

Al hacerlo, perdoné a mi madre. Había crecido resentida con ella por estar con mi padre, un hombre casado. Pero ahora la entendía. Su decisión no fue ni buena ni correcta, pero finalmente entendí por qué la tomó.

Recostada en la cama preguntándome qué iba a hacer, miré el intrincado encaje en el techo. Me perdí en él. Cuando reaparecí, fue con pensamientos de compartir mi cama con Remy. Imaginé a los dos mirando el techo juntos. Mi pecho se contrajo pensándolo.

Esto dolía demasiado. Necesitaba levantarme. Saliendo de la cama, me paré frente a la puerta de vidrio corredera del balcón, dejando que la luz de la mañana tocara mi piel desnuda.

Mirando hacia afuera, admiré la terraza de madera rodeada de lujosos muebles de patio. Deseé poder salir y acostarme desnuda al sol. Quizás lo hubiera hecho si más de un lado hubiera sido un muro de árboles.

Por otra parte, ¿no eran los franceses menos puritanos respecto a la desnudez que los americanos? Si alguien salía a su balcón y me veía tomando el sol desnuda, ¿le importaría?

Decidiendo que era mejor no averiguarlo, me dirigí al ropero. Al abrirlo, me sorprendió encontrar los conjuntos que había probado el día anterior añadidos a la selección. ¿Cuándo los había comprado Remy, y cuándo los había hecho enviar aquí?

Elegí aquel que a Remy le gustaba más y me vestí, emocionada por ver su reacción.

"Buenos días," dijo con una sonrisa mientras sus ojos me recorrían.

"Días," respondí, complacida con su reacción.

"¿Dormiste bien?"

Recordando mi sueño, mis mejillas se sonrojaron. "Supongo," dije, sopesándolo con la inquietud que había creado. "¿Y tú?"

"Fue una noche de altibajos," admitió.

"¿Por qué?"

"Estuve pensando en ti toda la noche," dijo, volviendo a sus coqueteos.

Lo miré. "Sabes, si sigues hablando así, más vale que estés preparado para lo que viene, señor," dije, poniendo mi cuerpo a centímetros del suyo.

Esperaba que me besase. O al menos, eso esperaba. Pero en lugar de eso, abandonó su encanto y dijo calmadamente, "Entendido."

Estaba decepcionada. ¿Significaba esto que su coqueteo había sido siempre solo un acto?

"Creo que he planeado un buen día," dijo, caminando casualmente lejos de mí. Mi pecho dolía al verlo alejarse.

"¿Ah sí? ¿Te gustaría compartirlo?"

"¿Eres de esas que les gusta saber cómo terminará una historia o que prefieren sorpresas?"

Pensé en eso. Era una buena pregunta. Si supiera que nada sucedería jamás entre nosotros, ¿querría saberlo?

"Sorpréndeme," le dije, forzando una sonrisa.

"De acuerdo," dijo, devolviéndome una leve sonrisa.

Recogimos nuestras cosas y nos dirigimos a un restaurante. Nuestro desayuno fue salmón y un huevo frito en un donut. ¡Wow!

Desde allí fuimos al museo Orsay. En él había pinturas que había conocido toda mi vida. Van Gogh, Monet y Gauguin habían sido siempre solo nombres, pero ahora estaban allí, sus pinturas frente a nosotros. Y nosotros haciéndonos selfies con ellas haciendo el tonto.

Desde allí caminamos por la exposición itinerante del museo. Contenía la pintura 'El Grito', que estoy bastante seguro fue mencionada en 'Barrio Sésamo'. Me daba dolor de cabeza pensar que ahora estaba de alguna manera frente a ella.

Por fascinante que fuera, cuando salimos del museo ya era tarde. Todo el día se había esfumado. Inicialmente, me sentía demasiado arreglada y consciente de mí misma entre los turistas. Pero rápidamente me perdí en el arte. Había tanta más belleza en el mundo de la que jamás había considerado.

"Gracias por mostrarme esto," le dije a Remy mientras salíamos pasando el gigantesco reloj y la pared de cinco pisos de ventanas que recordaban a la Gran Estación Central.

"Pensé que te gustaría," dijo con una sonrisa.

"Considerando que fue algo pretencioso, ¿supongo que es uno de tus lugares favoritos?" le dije bromeando.

Remy se sonrojó. "Lo es."

Sonreí. "Ahora es uno de los míos también."

Remy me miró, conmovido. Entonces me cogió la mano. Nunca lo había hecho antes. Yo había cogido la suya, y él me había besado, pero nunca había hecho algo tan íntimo. Me gustaba. Quería más.

"¿Adónde vamos ahora?" pregunté, sin querer que este día terminase.

"Alerta de 'spoiler'", respondió él, luciendo complacido consigo mismo. Al llegar a aquel lugar, tuve que admitir que su autosatisfacción era justificada. Porque allí estaba, el símbolo más icónico de Francia, la Torre Eiffel. Me quedé boquiabierta.

Se veía exactamente como en las fotos. Y con el sol ya puesto, sus luces la hacían resplandecer. Mientras la observaba, una lágrima rodó por mi mejilla. No sabía por qué lloraba, pero lo estaba haciendo. Todo era simplemente perfecto. Sin apartar la mirada de ella, apoyé mi cabeza en su hombro.

"Gracias," susurré, incapaz de decir nada más.

"No hay de qué," contestó él, atrayéndome hacia sus brazos.

No podía resistirme más, necesitaba besarle. Necesitaba estar lo más cerca posible de él. Por lo que, sintiendo mi corazón latir aceleradamente y mi puño apretándose, estuve a punto de hacer que se inclinara hacia mí cuando…

"¿Qué es eso? ¿Qué está pasando?" pregunté, mientras la Torre Eiffel empezaba a deslumbrarme con su brillo.

"Eso es para nosotros", respondió.

"¿Qué?"

"Dije que me avisaran cuando nuestra mesa estuviera lista. Ahí está", señaló hacia la torre.

"No, no lo dijiste", repliqué, ya no sabiendo qué creer.

"Ahí está", insistió él, señalándola otra vez. "Nuestra mesa está lista."

"¿Nuestra mesa dónde?"

Sonrió.

Subir en el ascensor hasta el restaurante dentro de la Torre Eiffel ya fue una experiencia increíble de por sí. Pero la vista desde el restaurante era sobrecogedora. Sentada junto a la ventana, París brillaba bajo mis pies. Apenas podía apartar la vista. Cuando lo conseguí, fue para observar la sonrisa de Remy.

"La primera vez que vine aquí fue de niño con mi familia", captó mi atención. "No supe apreciarlo en aquel momento. Debo admitir, vivirlo ahora a través de tus ojos, me hace darme cuenta de cuánto me perdí. Empiezo a aprender que el privilegio tiene sus desventajas."

Deseaba discutir con él pero no pude. ¿Cómo debe ser tomar vistas como esta por sentado? Cuando tu vida es tan increíble que no puedes apreciarlo, ¿qué espacio queda para la maravilla?

Por primera vez desde que conocí a este atractivo hombre sentado frente a mí, sentí lástima por él. No era de una manera despectiva. Era más bien que sentía simpatía.

No era un dios, por mucho que se asemejara a las esculturas de estos en el museo. Era simplemente un hombre lleno de esperanzas, sueños y miedos. Quizás los dioses eran lo mismo. Tal vez eso es todo lo que somos, sin importar cuánto poder o dinero tengamos.

Extendí mi mano a través de la mesa, buscando la de Remy. Él me la entregó. Le amé por eso. No solté su mano hasta que el camarero nos trajo la comida, que constaba de cuatro partes.

"Eso ha sido increíble", le dije, sintiéndome más dichosa que nunca.

"Me alegra que te haya gustado. Es tradición concluir con un vino de postre. ¿Te apetece?"

Lo consideré. "Si. ¿Noté algunos en la bodega de tu casa?"

"Buen ojo. Así es."

"No es cierto. Sólo lo supuse", confesé.

Remy sonrió ampliamente. "Buena suposición. ¿Quieres volver y catar uno?"

"Creo que me gustaría eso", le confirmé, sin querer perderlo de vista.

"Entonces debemos ir", propuso él, sus mejillas sonrojándose.

Al salir del restaurante y entrar en el ascensor, agarró mi mano. Un calor me recorrió de pies a cabeza. Me sentía vibrar. Vestida como estaba, no había manera de ocultar lo que él me provocaba. Mi cuello y pecho expuestos clamaban por su toque, y mi corazón latía frenético rogando por su beso.

Cuando la fría brisa nocturna rozó mi cálida piel, sentí un escalofrío. No pude pensar en nada más. Mi cerebro dejó de funcionar. Lo único que podía hacer era seguirla a su ritmo y estaba dispuesta a hacerlo. Porque al sentir las cosquillas alrededor de mi entrepierna que me excitaron, supe que ya no podía resistirme a él.

Con mi corazón latiendo a mil al cerrarse la puerta de su apartamento detrás de nosotros, apenas podía respirar. Cuando se giró y me obsequió con una mirada ardiente, se la devolví. Estaba a punto de lanzarme sobre él.

"¿Vino?" preguntó mientras me guiaba hacia la cocina.

"Sí", respondí sin aliento.

Inmóvil, lo observé. Se movía con naturalidad, con seguridad. Recogiendo una botella y dos copas, me guió hacia el sofá. Al sentarme, sentí que todo mi cuerpo ardía.

"¿A qué brindamos?" preguntó con un tono bajo en su voz que reverberaba en mi vientre.

Reí tontamente. Fue lo único que pude hacer. Remy se rió en respuesta.

Me pasó una copa y la llenó. Después de llenar la suya, dijo: "Sabes, Dillon, siempre me lo pones difícil".

"¿Cómo?" pregunté.

"Siempre he conocido mi destino. Era el primogénito y un Lyon. Mi futuro estaba asegurado. Pero desde el momento en que te conocí, he querido ser una persona mejor. He querido ser digno de ti. Y después tuve que hacer cosas que sabía que no lo eran".

"Eres una buena persona", dije con dificultad.

"No lo soy. Y el problema es que sé que no lo soy. Podría haber abandonado el negocio familiar antes. Podría haber tomado decisiones mejores una vez que comprendí que tú me volvías lo suficientemente loco como para arrancar puertas de sus marcos. Y ahora, sabiendo lo que una buena persona debería hacer, quiero tenerte tan desesperadamente que quemaría el mundo para conseguirlo. Yo…"

Y entonces fue cuando lo besé. Me lancé a él, nuestros labios se encontraron. Con mi gesto, Remy respondió.

Tomándome, sentí su fuerza bajo mí. Envolvió sus brazos alrededor de mí, tomó la parte posterior de mi cabeza. Rodándome y pegando mi espalda contra el sofá, unió nuestros cuerpos y abrió mi boca.

A medida que me envolvía con su calor, su lengua buscó la mía. Rápidamente la encontró, e invitó a la mía a un baile. Mi mente daba vueltas mientras se entrelazaban. Y cuando su otra mano agarró mi trasero y apretó, solté un chillido de placer.

Lo quería. Lo necesitaba. Hincando mis dedos en su espalda, tomé su camisa. Tenía que quitársela. Y cuando la levanté lo suficiente para que no pudiera ignorar mi intención, la soltó lo suficiente para quitársela.

Se la quitó por la cabeza, liberando mis labios. Su cuerpo desapareció por un instante antes de volver, pero fue suficiente. Pude ver que su pecho era perfecto. Los surcos de sus abdominales eran tan profundos como los del océano. Y sus pectorales esculpidos harían palidecer al mármol. Estaba embriagada de deseo por su cuerpo.

Enredé mis piernas alrededor de su tronco y, mientras nuestro beso se intensificaba, me levantó. Mi piel ardía por el contacto con la suya. Pegando desesperadamente nuestros torsos, la sensación era todo lo que había soñado.

Cuando la suave colcha se alzó a nuestro alrededor, me relajé en el colchón. Subiéndose encima, se alejó por un momento para quitarme la chaqueta. Mientras lo hacía, admiraba mi cuerpo.

"Preciosa", dijo mirándome.

Mi respiración se atascó. Estaba adicta a su tacto. Me retorcía debajo de él, tiré de la colcha necesitando volver a conectar con él. Vio mis movimientos y sonrió maliciosamente.

"Dime que me deseas", me exigió.

No pude hablar. Lo deseaba. Deseaba todo de él. Pero no pude pronunciar palabra.

Sostuvo mi mirada en silencio hasta que dijo: "Lo digas o no, voy a hacerte mía", anunció haciendo que mi cuerpo se estremeciera.

Fue entonces cuando lo hizo. Mi cuerpo se volvió propiedad suya, las puntas de sus dedos recorrieron mi pecho desnudo. Su fuerza era inmensa. Me sujetaba al colchón sin esfuerzo. No podría escapar aunque lo quisiera.

Restriniendo mis movimientos, suavizó su tacto y trazó un camino a través de mi vientre. Masajeó los pliegues de mi piel. Le gustaba lo que sentía. Su placer era mi droga.

No se detuvo ahí, los dedos llegaron a la cintura de mis pantalones. Me faltaba el aire. Vaciló, y entonces tiró de ella. ¿Qué iba a hacer, desabrocharlos? ¿Parar?

No hizo ninguna de las dos cosas. Sin pedir permiso, continuó aún más abajo. Sabiendo a dónde se dirigía, mi entrepierna palpitó. Cerré los ojos, sintiendo cada sensación.

No fue directo al grano. Presionó la tela alrededor, su presencia era palpable. Mis entrañas se tensaron, necesitaba su tacto. Se negó.

Siguió delineando en cambio, mi cuerpo rogaba que me tomase. Cuando finalmente lo hizo, fue con una agresión contenida. Era como si todas sus barreras hubieran caído. Había terminado el juego previo. Estaba tomando lo que era suyo.

Apretándola y presionándola contra mi cuerpo, gemí. Necesitaba sentir su carne tibia alrededor de mi intimidad. Entonces, cuando finalmente abrió el botón y bajó la cremallera de mis pantalones, me fundí en la cama mientras mi sexo saltaba hacia fuera.

Cuando sus labios envolvieron mi intimidad, vislumbré el cielo. Esto era lo que había soñado durante tanto tiempo. La boca de Remy Lyon estaba devorando mi feminidad y eso era todo para mí.

Con sus manos acariciando mis muslos, la punta de su lengua recorrió la delgada línea de mi feminidad. Apenas podía soportarlo. Rompiendo las sábanas, mis dedos de pie se estiraron.

Bajando su cabeza, lo saboreó y luego volvió a la superficie. Necesitando más, lo hizo otra vez. Ida y vuelta, jugaba con ello. Parecía que le gustaba hacerlo tanto como a mí me gustaba disfrutarlo. Y cuando sus movimientos me pusieron lo suficientemente al borde para caer en el clímax, me soltó, nos desvistió a ambos y se deslizó por mi cuerpo.

Con la parte trasera de mis muslos presionada contra su pecho, mis caderas se alzaron. Inclinándose para besarme, separó mis labios. Su lengua no era lo único que quería entrar en mí, su punta buscaba mi entrada. Cuando encontró mi intimidad, se posó.

¿Qué estaba haciendo? ¿Qué estaba esperando? Inmovilizada bajo él, no podía moverme. Estaba a su merced. Lo ansiaba.

Entonces, cuando apoyó sus manos a ambos lados de mi cabeza y empujó, gemí. Dolía pero se sentía bien. Lo había visto desnudo. Era grande. Pero al penetrarme, se sentía enorme.

Esperaba misericordia de Remy, pero no la obtuve. Él estaba tomándome. Con su miembro adentrándose en mí, conocí al verdadero Remy, la parte de él que había ocultado.

Este Remy era dominante e incansable. Me hubiera escabullido si pudiera, pero no me lo permitió. Yo era suya para hacer conmigo lo que quisiera. Era arcilla en sus grandes y poderosas manos y él iba a remoldearme a su imponente imagen.

Al penetrar dentro de mí, gruñí. Podía sentir cada centímetro. Adentrado en mí, mi intimidad moldeada en torno a su grueso miembro y cada abultada vena. Mi cuerpo ya no era mío. Él lo poseía. Y ahora que lo tenía, hizo lo que me dijo que haría, me hizo el amor.

Lentamente al principio, su ritmo aumentó. Por grande que fuera, su entrepierna aún golpeaba en mi entrada. Estaba profundo dentro de mí, pero después de haberme moldeado a su alrededor, me ajustaba como un guante.

Perdiéndome conforme el hormigueo ascendía por mi muslo, mis ojos giraban. Estaba llegando al clímax. Por el sonido de él, él también. Estábamos llegando al clímax juntos y yo ni siquiera estaba tocando mi propio sexo. Estaba sucediendo solo por sus embestidas.

Respirando con dificultad, mi pecho se tensó con mis pechos y mi intimidad en sincronía.

"Ahh," gemí.

No podía contenerlo. Había una descarga de electricidad desgarrando su camino en mí. Clavando mis uñas en su espalda, arañé. Se desgarró debajo de mí. Y cuando mis gritos alcanzaron un crescendo, también los suyos.

La manguera de incendios liberada dentro de mí reflejaba la que nos cubría a ambos. No podía parar de corrernos. Los espasmos eran espasmódicos.

Exhausto, el cuerpo de Remy colapsó sobre el mío. Mi intimidad seguía palpitando. Esta fue la mejor experiencia sexual de mi vida y no quería que acabara.

Embriagada de placer, envolví mis brazos alrededor de mi hombre. Nunca quise separarme de él otra vez. Nunca me separaría. No dejaría que sucediera.

Lo amaba. Siempre lo había hecho. Y fue
entonces cuando escuché las palabras que desgarraron mi
corazón cambiando el rumbo de mi vida.

Capítulo 11

Remy

No podía creerlo. Estaba desnudo encima de la mujer de mis sueños con mi viril miembro aún dentro de ella. ¿Cuántas veces había soñado con esto? Hubo semanas después de conocerla en que ella era lo primero en lo que pensaba al despertar y lo último antes de conciliar el sueño.

Durante tanto tiempo, ella había sido todo para mí. Y ahora, aquí estábamos. La tenía. Era mía. Ya no sabía cómo vivir sin ella.

Estaba preparado para huir con ella. Allá donde quisiera ir, yo estaría dispuesto a llevarla. Me complacía la idea de dejar todo atrás.

Que se fueran al diablo mis responsabilidades, mis obligaciones. No había nada que me importara más que Dillon. Con ella en mis brazos, sentía que mi vida estaba completa.

"¡Remy!" Escuché que me llamaba desde la puerta detrás de mí.

Tan pronto lo escuché, mi pecho se contrajo. Mi sueño había durado tanto como había tardado en alcanzar el clímax.

"¿Qué demonios, Remy?" Su voz fue como un puñetazo.

Rápidamente salí de Dillon, la oscuridad me cegó mientras me giraba y enfrentaba la cruda realidad desnudo.

"¿Qué demonios estás haciendo aquí?" Dije mirando a mi prometida.

"¿Qué demonios estoy haciendo aquí? ¿Y tú? ¿Estabas acostándote con ella? Después de todas las veces que me dijiste que no pasaba nada entre ustedes, y cómo ella era solo tu obra de caridad…"

Sus palabras eran como aceite en hierro incandescente. Hervido, preparado para explotar, salté de la cama y me planté de pie. Señalándola con un dedo acusador y con ganas de gritarle gruñí, "Nunca dije eso. Nunca la llamé mi obra de caridad. ¡Nunca!"

"Está bien", dijo retrocediendo al darse cuenta de que había metido la pata. "La mejor amiga de tu hermana, o lo que sea…"

"Nunca te he hablado de Dillon. No te atrevas a insinuar que sí lo hice", respondí, dispuesto a dejar las cosas en claro.

"De acuerdo. No hablaste de ella. Pero eso no te concede permiso para ir por ahí acostándote con ella".

Me retracté.

"Quiero decir, mírate. Entro y te encuentro en la cama con ella y tienes el descaro de decirme algo".

"No te debo ningún tipo de explicación", respondí, desconcertado por la situación.

"¡Me lo debes todo! En lo que a ti respecta, tu vida, y la vida de todos los que te quieren, están en mis manos. ¿A quién crees que mi padre va a eliminar primero cuando se entere de esto, eh? ¿Crees que podría ser la zorrita con la que te encontré?"

"No la llames así", volví a decir, a punto de explotar.

"¿O tal vez a tu hermana? ¿O a tu madre? ¿O crees que simplemente contratará a alguien para matarlos a todos y acabará con esto? Conoces a mi padre, sabes que es de los que no escatiman en medios para conseguir sus fines."

Por mucho que la detestara, sabía que decía la verdad. Su padre era un psicópata. Y yo lo sabía porque, por mucho que mi padre amara a su familia, él también lo era. Nada ni nadie se interponía en su camino para conseguir lo que deseaba y su venganza era legendaria.

"Sí, eso es lo que pensé", dijo Eris cuando se dio cuenta de que me había ganado la partida.

Estaba dispuesto a sacrificar mi vida por cualquiera de las personas que Eris había mencionado, especialmente Dillon. Pero no estaba dispuesto a poner en peligro un solo cabello de su cabeza por ganar mi salvación.

Para protegerlos, mi condena tenía que ser perpetua. Lo odiaba, pero era la verdad. No había escapatoria a esto sin que alguien muriera. Y si yo fuera el que matara, tendría que hacerlo a costa de ser con Dillon.

Dillon pensaba que sabía quién era yo. Pero lo que no sabía… lo que no podía saber, era que yo era un Lyon. Corría por mis venas la sangre de mi padre. Era capaz de hacer todo lo que mi padre había hecho y más. No tenía dudas.

Nunca me había permitido llegar a ese punto. Soñar con la posibilidad de tener algún día una vida con Dillon me había frenado. Nunca quise cruzar esa línea para convertirme en un hombre con el que ella nunca querría estar. Y para ganar mi libertad, tendría que convertirme en ese hombre.

¿Con las puertas con barrotes cerrándose sobre mí, me convertiría en ese hombre ahora? Sería tan fácil. ¿Quién sabía siquiera que Eris estaba aquí? Sin ella, tendría la iniciativa sobre su padre. En unas horas, su imperio podría ser mío. Podría ser el hombre más temido de Nueva York. Y todo lo que costaría sería la manera en que Dillon me miraba.

Miré a la hermosa mujer que yacía asustada en mi cama. Sus grandes ojos, su piel cremosa, los necesitaba para respirar. El precio de mi libertad era demasiado alto. Al darme cuenta de ello, bajé la cabeza.

"Esto es lo que va a pasar", comenzó Eris. "Mírame".

Sin pensarlo, me volví hacia ella.

"Como no soy un monstruo, te voy a dar una hora. Cuando termine esa hora, le dirás adiós a ella y luego nunca más la volverás a ver. ¡Jamás! ¿Me entiendes?"

Mirándola, quería romperle el cuello. No lo hice. En cambio, desvié la mirada derrotado.

"Bien. Mira, puedo ser razonable. Tengo corazón. Pero, no confundas la simpatía con debilidad porque así es como la gente acaba muerta. Dime que entiendes".

Me negué a mirarla.

"Y tú, dime que entiendes".

En el momento en que me di cuenta de que se dirigía a Dillon, reaccioné.

"¡No le hables a ella!"

"Está bien, Remy. Creo que finalmente entiendo", dijo mirándome con tristeza en los ojos.

"Ya era hora", comentó Eris sarcásticamente. "Ahora os dejaré a los dos solos. Cuando todo haya terminado, espero con ansias comenzar el resto de mi vida con mi futuro marido", dijo echándome una rápida mirada a mi cuerpo desnudo y sonriendo.

Con sus palabras desgarrándome, no pude mirar mientras se iba. Esperando oír la puerta principal abrirse y cerrarse, me encontré encadenado por la idea de que, por una vez, podría tener lo que quería.

El silencio entre Dillon y yo se prolongó. Tenía demasiada vergüenza para mirarla. ¿Había hecho la elección correcta al no matarla? ¿Estaba tomando la decisión correcta ahora?

"No es tu culpa, Remy", dijo dulcemente la voz de Dillon.

"Es toda mi culpa", respondí.

"¿Cómo? Dime cómo es esto culpa tuya", insistió Dillon.

La miré preguntándome cómo esto podía ser una cuestión.

"Podría haber hecho más".

"¿Más de qué?"

"No lo sé. Más".

"Remy, tú no pediste nacer del hombre que eres, al igual que yo no lo hice. Ambos somos hijos del destino, condenados a pagar por los pecados de nuestros padres".

¿Sería eso cierto? ¿Podría ser esa la razón por la que sentía que la conocía cuando todo lo que sabía era su nombre?

La boca de Dillon se abrió como si hiciera una petición final. "Por favor, yace conmigo. Si sólo nos queda una hora para estar juntos, déjame pasarla en tus brazos", dijo, rompiéndome el corazón.

La miré desde el pie de la cama. "No quiero que termine así. No lo permitiré."

"Entonces, yo pondré fin. No porque tenga miedo de lo que haría su padre conmigo. Sino porque tengo miedo de lo que haría con… tú, y Hil, y tu madre. No puedo ser la causa de que todos vosotros sufráis daño. No puedo", dijo con lágrimas en los ojos.

"No lo permitiría…"

"Por favor", dijo interrumpiéndome. "Solo quédate conmigo. Terminemos de hacer de esta noche la perfecta", dijo mientras se limpiaba la cara con el dorso de la mano.

Sin decir nada más, volví a la cama y acerqué a mi amor desnudo a mis brazos. Ella encajaba a la perfección. Con los brazos apretados delante de ella, mis alas la cubrieron haciendo que fuéramos uno solo.

Mientras pasaba la hora, no hablamos. Cuando finalmente se llegó el momento, se separó de mí con gracia y buscó su ropa. Para mi sorpresa, parecía aceptar todo lo sucedido.

"¿Le dijiste que venías aquí?", preguntó mientras recogía su ropa interior y se la ponía.

"Por supuesto que no", dije admirándola de arriba abajo, esperando poder recordarla por siempre.

"¿Entonces cómo supo dónde encontrarnos?"

¿Cómo lo supo?

"¡Maldición!", exclamé mirando mi muñeca.

"El reloj", dijo Dillon llegando a la misma conclusión.

"Esa condenada puso un rastreador en él", dije levantándome de un salto, quitándomelo y aplastándolo con una esfera de mármol que hasta ese momento no había servido para nada.

Con el reloj convertido en vidrio roto, Dillon me preguntó: "¿Crees que era falso?"

"Lo hice revisar. Era real."

"Entonces, ¿acabas de destruir dos millones de dólares?"

"Sí", confirmé, como si no importara.

"De acuerdo", dijo mirándome completamente vestida. "Entonces, ¿aquí termina todo?"

"¿Acaba algo alguna vez entre nosotros?", pregunté con una sonrisa.

"Sí. Porque esta vez no lo dices tú, lo digo yo", dijo luchando por tener valor. "Se acabó. No quiero verte nunca más. Nunca", dijo suavemente rompiéndome el corazón.

Y con eso, se marchó de mi habitación y de mi vida, mientras yo la veía irme, desnudo.

El dolor punzante en mi pecho no cesaba. Miré la puerta del dormitorio cerrada mientras la partida de Dillon resonaba por la habitación. Los recuerdos de ella se esparcían por mi apartamento como su suave aroma que se quedaba en el aire.

Por mucho que quisiera sumergirme en ello, perderme completamente en el recuerdo de ella, no podía. No estaba terminado. No podía ser. Mi corazón se negaba a aceptarlo.

Dentro del silencio ensordecedor de la habitación, un nombre cruzó por mi mente. Lucien había sido lo más cercano que tuve a un amigo mientras crecía. Vivía en París y tal vez sea la única persona que podría entender lo que estaba pasando.

Agarrando mi teléfono, marqué su número ahora rara vez utilizado.

"Vaya momento para llamar, Remy", la voz calmada de Lucien sonó aligerando la tensión que apretaba fuertemente mi pecho.

"¿Qué tal si tomamos una copa?" pregunté, intentando desesperadamente escapar de los ecos de la despedida de Dillon.

"¿Le Bar Diamant?", propuso Lucien con calidez genuina tal como en los viejos tiempos.

"Con placer", murmuré, colgando.

Me puse una camisa blanca y unos vaqueros oscuros y salí de allí. Al entrar en Le Bar Diamant, eché un vistazo. El bar estaba envuelto en una oscuridad aterciopelada.

Viendo a mi primo por primera vez en años, llamé su atención. Nos fuimos a una mesa en la esquina. El zumbido de las conversaciones a nuestro alrededor nos envolvía en soledad. Tan pronto como me senté, me entregaron un vaso y me serví una bebida para mirar a mi viejo amigo.

"Oí que te vas a casar", empezó Lucien, agitando el líquido ámbar en su vaso.

"Me arrinconaron", admití antes de dar otro trago.

Sus afilados ojos verdes me estudiaban. Podía ver su empatía brillando desde el interior endurecido de nuestra crianza mafiosa. Al ver mi incomodidad, Lucien cambió de tema.

"Puede que tenga algo que haga que te olvides de estas cosas", dijo, su voz tomando un giro misterioso.

"¿Qué es?"

"Sé de una subasta esta noche. Va a ser un poco inusual. Podría ayudarte a ver las cosas desde otra perspectiva", sugirió Lucien con un brillo de travesura en sus ojos.

La forma en que Lucien propuso la idea me hizo pensarlo. ¿Pero cuánto daño podría hacer un poco de frivolidad? ¿Podría sentirse bien pasar una noche fingiendo que mi mundo no se había desmoronado? ¿No era por eso que había llamado a Lucien?

Me acabé mi bebida de un trago.

"Muy bien. Vamos.", le dije intrigado y desesperado por una distracción.

Siguiendo a mi primo fuera del bar y a la fresca noche parisina, finalmente llegamos a la subasta. Al parecer, Lucien había omitido algunas cosas. Al entrar por las pesadas puertas de metal del almacén, me di cuenta de que esta no era el tipo de subasta que solía anunciarse. Aun así, al ingresar a la iluminada sala, la multitud que esperaba estaba compuesta únicamente por los más ricos y consentidos de la sociedad francesa.

Voltié a ver a mi primo para entender lo que pasaba, parecía tenso. Sus verdes ojos saltaban de una persona a otra, como buscando a alguien.

Observándolo con cautela, el nudo en mi estómago se retorcía. Esta era una cara de Lucien que no conocía antes. Su intensidad callada y extraña inquietud le parecían más parecido a un depredador preparándose para atacar a su presa.

Los murmullos de la multitud cayeron en silencio cuando empezó la subasta. Cuando se presentaron los primeros objetos, entendí qué estaba pasando. Las máscaras indígenas y las espadas centenarias no eran exactamente piezas que pudieran ser vendidas en una sala de subastas respetable. Porque incluso si no hubieran sido robadas de un museo, se suponía que deberían haber sido sacadas de sus hogares culturales sin el permiso de las personas nativas.

Observando a Lucien mientras los artefactos se volvían cada vez más intrigantes, no se movió. La naturaleza despreocupada que mostraba hace apenas una hora había desaparecido. En su lugar había una seriedad mortal que no supe reconocer en mi amigo. Y cuando alcanzaron el punto álgido de la noche al presentar el último producto de la subasta, mi jovial primo cambió.

Dirigiendo mi vista hacia el escenario de la subasta, lo vi. El último ítem en venta era un tigre de Bengala. Caminando de un lado a otro en su jaula, parecía tanto peligroso como temeroso.

No podía dejar de mirarlo, era sumamente majestuoso. Su majestuosidad estaba devastadoramente fuera de lugar en este sórdido mundo al que lo habían condenado. Al volver mi atención hacia Lucien para buscar su opinión, noté que la concentración de mi primo se había endurecido.

Con cada nueva oferta, sus ojos se clavaban en el postor. Podía ver literalmente los cálculos que se hacía. Aquí residía el verdadero motivo de su presencia. No me había llevado hasta aquí sólo por diversión. Estaba aquí en una misión.

De repente, ante mi triste comprensión, las apuestas se volvieron terriblemente altas. El bullicio de la sala pareció silenciarse cuando el subastador anunció al ganador. Lo reconocí de mi estancia en París con mi padre. Era un jefe de la mafia notoriamente cruel conocido por maltratar a los animales exóticos.

Instintivamente, dirigí mi mirada hacia Lucien. La chispa de determinación en sus ojos brillaba con intensidad.

"Lo comprará para cazarlo y convertirlo en una alfombra", susurró Lucien, su mirada verde oscureciéndose cada vez más. "¿Qué te parece si me ayudas a robárselo?"

Al oír sus palabras, me quedé sin aliento.

"Y si lo conseguimos, ¿qué harías con él?" pregunté, aún incierto acerca de su propósito.

El sonrió maliciosamente, fijando su mirada en la mía. "¿A quién no le gustan las alfombras?"

Sonreí de lado, aún sin estar seguro de si estaba hablando en serio. Nos habíamos criado como hombres de la mafia, posesivos e implacables. Pero siempre había habido algún tipo de honor entre la crueldad. ¿Estaba mi amigo de infancia bromeando? ¿O estaba mostrándome una versión suya que no estaba dispuesto a conocer?

Por más absurda que me pareciera su propuesta, había una parte de mí que admiraba su audacia. Más allá de eso, había un fuego en sus ojos que me atraía a salir de mi mundo lleno de conflictos.

"De acuerdo, estoy adentro", respondí finalmente.

La sorpresa en el rostro de Lucien fue impagable. No estaba seguro de qué esperaba que dijese, sin embargo, al ver mi reacción, sonrió de oreja a oreja.

Dándome cuenta de lo que significaba esa sonrisa de Lucien, revisé mentalmente el compromiso al que había accedido. Estaba a punto de ayudar a mi amigo a robar un tigre al jefe de una peligrosa mafia. Y luego, si sobrevivíamos a eso, tendría que convencerle de que donara la bestia a un zoológico en lugar de clavar su cabeza en la pared. Nada de esto iba a ser sencillo.

Escuchando a Lucien detallar su plan, mi corazón latía con fuerza. Esto no era una broma que se le ocurrió en el calor del momento. Estaba hablando en serio. No sólo conocía la distribución del edificio, sino que también se había memorizado cada puerta y alarma.

¿Había trabajado allí para obtener toda esa información? Porque Lucien estaba preparado. Y todo lo que debía hacer era seguir sus órdenes y ayudar a empujar la jaula cuando llegase el momento.

Deslizándonos por los pasillos traseros del almacén, el plan de Lucien se desplegaba como una sombra creciente. Nos adheríamos cautelosamente a las paredes y nos arrastrábamos por debajo de las complicadas alarmas. Salimos a través de una ventana y nos dirigimos a un balcón que parecía estar a una distancia peligrosa. Había vivido momentos que habían acelerado mi pulso antes, pero este definitivamente se llevaba el premio.

Ya dentro de nuevo y embriagado de adrenalina, el plan de Lucien había funcionado. Hasta que un simple paso en falso activó una alarma. Nos quedamos paralizados, nuestros latidos resonando en medio del inminente terror. Mi mente se aceleró. ¿Nos habían descubierto? Los segundos se hacían eternos, hasta que de pronto la alarma se desactivó.

Lucien respiró aliviado, una media sonrisa jugando en su rostro. Simplemente negué con la cabeza, mi estómago se contracturaba por la tensión. Esta imprudencia, este vaivén entre la vida y la muerte me resultaban dolorosamente familiares. Y si algo sabía de momentos como estos, es que el peligro sólo había empezado.

No tardó mucho en demostrarse que tenía razón. Mientras avanzábamos por los pasillos, un hombre robusto vestido con un esmoquin de mala calidad dobló la esquina y se dirigió directamente hacia nosotros. Había venido a investigar la alarma y, cuando su chaqueta se movió junto a él, vi que iba armado.

Antes de que pudiéramos reaccionar, Lucien actuó con gran desparpajo. Lanzó una historia elaborada de confusiones de papeleo y transportistas ausentes en perfecto francés. Incluso llegó a mostrar una identificación para corroborar sus afirmaciones. Fue una actuación espectacular.

El guardia de seguridad, aliviado pero molesto de que no hubiéramos seguido el código de vestimenta, me pidió la identificación para confirmar nuestra historia. Cuando abrí la boca para hablar, Lucien me interrumpió.

"Ah, él es el nuevo. Todavía no tiene identificación. Carne fresca. Ansioso pero no sabe distinguir su derecha de su izquierda."

Su encanto y su sonrisa radiante finalmente desarmaron por completo al guardia de seguridad. Para cuando Lucien terminó con él, nos estaba escoltando hasta el tigre. Tuve que contenerme para no sonreír al seguirlo.

Cuando se presentó más confusión frente al hombre que custodiaba la jaula, Lucien se encargó también de eso. Al final, fue el mismo guardia de seguridad quien insistió en que el guardia nos entregara el tigre. Fue un verdadero trabajo de maestros.

Riéndonos mientras empujábamos la jaula por el oscuro pasillo, exclamé, "Esto ha sido más fácil que intentar entrar a las discotecas americanas cuando éramos jóvenes."

"Sí, ayuda cuando ambos aparentamos que nuestros testículos ya han descendido," replicó Lucien acusatoriamente. "Pero no tentemos a la suerte, Remy. Aún no hemos terminado", añadió, sin perder la concentración.

"Por cierto, ¿cómo planeas sacar a esta enorme bola de pelo de aquí? ¿En el metro?"

Él sonrió maliciosamente y luego señaló delante de nosotros una furgoneta sin distintivos en el aparcamiento.

"Genial. ¿Es tuya o también vamos a robar eso?" pregunté confuso.

Sin decir una palabra, Lucien bordeó la furgoneta mientras nos acercábamos y abrió las puertas traseras. Sacando unas rampas de metal, me miró esperando que hiciera mi parte.

"¿Así que me trajiste por mi fuerza?", bromeé.

"No te traje por tu ingenio," se burló Lucien.

"Bastardo."

"Americano."

"¿Cómo te atreves?" respondí, entrecerrando los ojos listo para una pelea.

Conteniendo la risa todo lo que pude, finalmente prorrumpí en carcajadas. Este era nuestro habitual juego de palabras. La familiaridad de ello me reconfortaba en medio de esta absurda situación. Y no me refiero solamente al tigre que miraba con apetito mi mano sobre su jaula como si fuera un chorizo.

Riéndose conmigo, Lucien bajó y me ayudó a subir la jaula a la furgoneta. Mientras nos alejábamos, mis pensamientos se centraron en el inmenso tigre en la parte trasera. Era mi tarea llevar a cabo una misión. Tenía que convencerlo de entregar el animal a un zoológico en lugar de cualquier otra locura que tuviera planeada.

Pensé en apelar a su orgullo y luego a su conciencia. Pero antes de que pudiera decir una palabra, giró hacia un callejón y apagó el motor. Tan pronto como todo quedó en silencio, un hombre africano de menor estatura se acercó a la furgoneta.

"Lucien," declaró, "¿Dónde está?"

"En la parte trasera."

"Muéstramelo," insistió el hombre con acento africano.

Seguí a Lucien fuera de la furgoneta recorriéndola hasta la parte de ubicada detrás. Al abrir las puertas, la bestia agitada rugió.

"Es hermoso. Prometo que vivirá el resto de su vida en una reserva lejos de la crueldad humana."

Los ojos de Lucien se cruzaron brevemente con los míos.

"Cumple tu palabra. No me obligues a tener que buscarte."

El pequeño hombre miró sin intimidarse a mi robusto primo.

"No te preocupes. Lo haré."

"Bien," dijo Lucien antes de entregarle al hombre las llaves de la furgoneta y mirarme a mí. "Vamos."

Al alcanzarlo mientras avanzaba de nuevo por el callejón, miré desconcertado a mi amigo de la infancia. No era la persona que conocía.

"¿Qué?" protestó cuando ya no pudo ignorar mi mirada.

"Niñato mimado," le provoqué.

"¿Estás hablando de eso? ¿Esperabas que hiciera las alfombras yo mismo? No me ensucio las manos."

"Por supuesto," dije viendo a través de él.

"Lo que sea," dijo descartando mi insinuación.

Sentía como si hubiera pasado una eternidad desde la última vez que la vida me sorprendió. Había crecido con Lucien. Durante un tiempo, los dos éramos prácticamente uno. Él sabía todos mis secretos y yo conocía los suyos.

Pero eso fue entonces. Nada de lo que conocía de él me podría haber preparado para esta noche. ¿Se había convertido en algún tipo de justiciero para los animales en peligro de extinción? Teniendo en cuenta la complejidad de su plan, este no podría haber sido su primer golpe.

¿Este era el verdadero Lucien? ¿Era esto lo que le brindaba su mayor alegría? Tal vez nunca había conocido realmente a mi primo. ¿Era eso mi culpa? ¿Era también mi culpa que él no me conociera?

Pasaron semanas, y la continua ausencia de Dillon parecía grabarse cada vez más profundamente en mi alma. Se habían ido los momentos robados, los regalos que la hacían sonreír, y la creencia de que eventualmente estaríamos juntos. Todo lo que me quedaba eran amargos recuerdos de lo que tuvimos y de lo que podríamos haber sido.

Eris, por supuesto, era ajena a lo que yo sentía. Todo lo que le importaba era planificar nuestra boda. ¿Acaso no sabía que todo era falso, verdad? ¿Que solo estaba allí para salvar la vida de todos a los que amaba?

Quizás ella lo sabía y era mejor actriz que yo. Una vez había dicho que tenía tan pocas elecciones para casarse como yo. Pero la forma en que sus ojos brillaban mientras elegía el menaje y los centros de mesa me hizo preguntarme.

Sentado en mi mesa de comedor junto a Eris con nuestra planificadora de bodas diseñando el plan que tendría que llevar a cabo, comencé a cuestionar todas las decisiones que había tomado alguna vez. Mientras lo hacía, Eris extendió la mano por encima de la mesa para tomar la mía. Sus dedos apenas rozaron los míos antes de que retirara la mano.

No había sido intencional. Necesitaba estar completamente concentrado para hacer que mi cuerpo actuara en contra de lo que quería y ese día mi mente estaba en otro lugar. Simplemente había reaccionado.

Al mirar a Eris, vi un destello de dolor en sus ojos. ¿Por qué? Más que nadie, ella sabía que lo nuestro era una mentira. Estaba intentando hacer lo mejor posible. Estaba intentando hacer lo correcto.

¿No veía el esfuerzo que estaba haciendo? Estaba allí, ¿no? En ningún momento había matado a ella o a su padre para salir de todo esto. Entonces, ¿qué derecho tenía a sentirse herida por algo que no podía controlar?

Horas más tarde, cuando la planificación de la boda finalmente había terminado, me encontré a solas con Eris. Ya habíamos estado en esta situación antes. Nunca había tenido que decirle a Eris que se fuera. Siempre lo había hecho sin preguntar. Pero había algo diferente en ella esa noche. Esta vez, mientras me miraba, vi un destello en sus ojos.

"Quiero hacer algo por ti," dijo con una sonrisa.

"¿Quieres regalarme otro reloj?"

La mandíbula de Eris se tensó antes de relajarse. "No. Esto es mejor. Te va a gustar."

"¿De verdad?"

Ella negó con la cabeza antes de levantarse. Buscando el control remoto del sistema de sonido, lo encendió. La música que empezó a sonar no formaba parte de ninguna de mis listas de reproducción. Ella la había programado. ¿Qué estaba haciendo?

Cuando los lentos y sensuales sonidos comenzaron a salir de los altavoces, bajó las luces. Estaba creando ambiente. ¿Para qué? Cuando se colocó a un brazo de distancia de mi silla, lo descubrí.

Eris no tenía un mal cuerpo. Todo lo contrario. Sus suaves curvas, las sutiles líneas que cruzaban su estómago, eran el sueño de todo adolescente de 14 años. Y la forma en que movía sus caderas al ritmo de la música me volvía loco. No podía evitarlo. Incluso un hombre gay apreciaría lo que estaba viendo.

Observándola, no cabía duda de lo que estaba haciendo. Se habría cansado de esperar a que yo tomara la iniciativa y, por eso, estaba tratando de seducirme. Extrañamente, estaba funcionando.

En la época anterior a que Dillon se convirtiera en mi mundo, mujeres como ella eran mi escape. En otro tiempo y lugar, Eris y yo podríamos habernos divertido mucho juntos.

Alcancé mi bebida, tomé otro sorbo mientras Eris se quitaba la camisa por la cabeza. Llevaba un sujetador que apenas estaba allí. Dios, cómo se veía de bien. Hablando objetivamente, la mujer estaba ardiente. Tomé otro sorbo y, antes de que me inclinara y hiciera algo de lo que me arrepentiría, examiné mi bebida.

¿Cuántos había bebido? Definitivamente había tomado uno para ayudarme a sobrellevar la planificación de la boda, ¿pero cuántos después de eso? ¿Solo uno? No había vuelto a llenar mi vaso.

Repasando la noche, recordaba a Eris preguntándome si necesitaba otro. A regañadientes había dicho que sí. Después de eso, nunca hubo un momento en que mi vaso estuviera medio vacío. ¿Cuántos había bebido sin darme cuenta, siete? ¿Ocho? ¿Cuánto alcohol tenía en mi sistema?

Miré a Eris de nuevo, ahora estaba desnuda salvo por dos trozos de tela transparente que cubrían sus pezones y sus montes hinchados. Sí, estaba muy ardiente. No había duda de ello. Pero, ¿la quería? ¿Quería que esta mujer me follara como su padre había estado haciendo durante demasiado tiempo? No lo deseaba. Así que, cuando se arrodilló frente a mí, palpando mi pecho como una felina, me puse tenso. Mi pene erecto pudo haberle dado la impresión equivocada, no obstante. Frotándose contra él y apretándolo, se emocionó.

"Únete a mí", dijo levantándose y desfilando hacia mi dormitorio.

Sin quitar sus ojos de mí, se deshizo de lo que quedaba de su sujetador y lo lanzó. Sí, tenía hermosos pechos. Y, al salirse de lo que quedaba de sus bragas, se apoyó en el marco de la puerta completamente desnuda.

"Puedes tenerme de la forma que quieras", dijo antes de desaparecer dentro de la habitación.

¿La quería? ¿Deseaba algo de ella? ¿Cómo sería mi vida si simplemente le dijera sí?

Capítulo 12

Dillon

Las escaleras crujieron bajo mi peso mientras descendía a la kitsch cocina de Cali. El aroma del bacon y los gofres me atrajo hacia ella. Podía olerlos desde mi habitación.

¿Te puedes imaginar mi sorpresa al entrar y encontrar a Hil en la estufa? Estaba cocinando todo ella misma. Ajustando el bacon con una mano, apilaba una montaña de gofres con la otra.

"¿Quién lo hubiese pensado?" bromee, tratando de aligerar mi propio ánimo al entrar. "Hil Lyon, la princesa de la mafia convertida en chef".

Fue Cali quien primero rió. Sus hombros se agitaron mientras llenaba un conjunto desemparejado de tazas con café. "Deberías haberla visto cuando nos conocimos".

"Oh, puedo imaginar. Hil, ¿le has contado a Cali la vez que fui a tu casa y decidiste que querías huevos revueltos?"

"¡Dios mío!" se quejó Hil.

Con la total atención de Cali, me lancé a contar la historia.

"Mi madre estaba de compras por algo. No sé qué."

"Necesitaba nata para hacer los tortellini favoritos de mi padre." Hil levantó la mirada, divertida por un pensamiento. "Y ahora sé lo que todas esas palabras significan".

"¿Tortellini?" bromeó Cali.

"Nata. Recuerdo que ella nos dijo eso y yo pensé, ¿qué tiene que ver el peso con cualquier cosa? ¿Era nata para personas rellenitas?"

"De todos modos", interrumpí. "Hil decidió que iba a prepararnos huevos. Así que sacó dos huevos de la nevera y los metió en el microondas porque era lo único que sabía hacer."

"Los microondas cocinan cosas y quería que los huevos estuvieran cocinados. Así que los puse en el microondas", Hil explicó entre nuestras risas.

"Oh no", exclamó Cali.

"Oh sí", confirmé. "Mi madre tuvo que pasar el resto del día limpiando huevos explotados por todas partes".

"¿No hizo que Hil lo limpiara?" preguntó Cali.

"¿La princesa?" bromeé.

Hil apartó la mirada, avergonzada. "Lo habría hecho si me lo pidieran. Me sentí mal."

"No, querida, mi madre quería que estuviera limpio. Si te hubiera preguntado, aún estarías trabajando en ello hoy."

"¿Y quién hubiera preparado este increíble desayuno?" Cali intervino como buen novio.

"Odio a ambos", bromeó Hil, lanzándole un trapo de cocina a Cali.

Observé la interacción de Hil y Cali. La envidia retorcía mis entrañas. Reían. Se burlaban. Estaban felices.

Deslicé mis dedos sobre la desgastada superficie de la mesa mientras mi mente volvía a Remy, la causa de mi tristeza. Su ausencia resonaba en el vacío que sentía. El peso de ello me agotaba.

"Odio lo que te ha hecho, Dillon", murmuró Hil después de un breve silencio.

"¿Quién?"

"Ya sabes quién. Remy debería haberlo sabido mejor."

"No voy a dejar que le culpes a él, Hil", respondí, mis palabras fueron más ásperas de lo que había pretendido. Ante la expresión desconcertada de Hil, solté un suspiro, pasando una mano por mis sueltos rizos.

"Me advertiste exactamente lo que pasaría si me dejaba llevar por él. Me lo dijiste y decidí ignorarlo. Así que lo que pasó es mi culpa tanto como la de Remy. Si no más."

Jugando con los cubiertos, evité la mirada empática de mis dos amigos. Cali aplaudió sus manos juntas, dirigiéndome una mirada severa. "No, Dillon. Y lo siento por decir esto sobre tu hermano, Hil, pero ese hombre es un cabrón y un hijo de puta."

"Entonces, ¿estás diciendo que puede irse a la mierda?" pregunté después de reflexionar un poco.

Cali se quedó petrificado pensando en lo que acababa de decir antes de estallar en carcajadas. Hil y yo nos unimos a él.

"Sí, puede irse a la mierda", aclaró Cali.

"Pero, ¿si pudiera hacer eso, por qué saldría de casa?" preguntó una voz atrayendo nuestra atención hacia la puerta.

"¿Remy?" dije, inmediatamente inundada por todas mis emociones dolorosas.

Cruzando la cocina y agarrando la camisa formal de Remy con los puños, Cali estaba furioso.

"Tienes una jeta que te la pisas presentándote aquí después de la tremenda cagada que has montado," espetó Cali.

No le había visto desde que lo dejé desnudo en su habitación en París. Pero allí estaba, enmarcado por el sol de la mañana. Sus anchos hombros llenaban el marco de la puerta de la cocina, y a pesar del agarre amenazador de Cali, sus oscuros ojos se encontraron con los míos.

Parecía… destrozado, como si una tormenta hubiera golpeado su espíritu. Esto era muy distinto a su habitual compostura. Incluso su camisa, siempre impoluta, le colgaba descuidadamente.

"No te subas por las paredes, paleto. Solo estoy aquí para hablar con Dillon," dijo, faltándole su usual picaresca.

"No," escupió Hil, colocándose delante de mí como para protegerme de la mirada de Remy. Cuando Hil volvió a hablar, su voz retumbaba de ira. "No, has perdido ese derecho."

El rechazo abierto de Hil rompió la fachada de Remy. Su expresión normalmente controlada se suavizó. Una tristeza titilaba en sus ojos. "Hil, no entiendes," comenzó Remy, la rugosidad de su voz tirando de mis cuerdas sensibles.

"¿Qué? ¿Que hiciste lo que tenías que hacer porque Armand había amenazado de matarnos a todos sin sutilezas?" dijo Hil fríamente.

"No, que no soy nuestro padre," corrigió Remy.

"¿Cómo?" preguntó Hil desconcertada.

Remy suspiró.

"El padre simplemente habría arreglado algo como esto. Habría cogido a unos cuantos de sus hombres y habría iniciado una guerra que dejaría un reguero de sangre en las calles," dijo Remy, frunciendo el ceño.

"Sé que crees que yo soy igual. Y quizás durante un tiempo, yo también lo creí. Pero ese no soy yo. No puedo hacerlo. Quiero poder proteger a las personas que amo así, pero no soy él. No soy padre.”

Con su confesión, Cali soltó a Remy y retrocedió. Libres, los dos hermanos se miraron el uno al otro. No podía discernir lo que ninguno de los dos estaba pensando.

Sabía lo que significaba para mí. Remy estaba reconociendo lo que siempre supe de él. Era un buen hombre que nunca quiso la vida que se le obligó a llevar.

“Remy, nadie aquí quiere que seas padre,” dijo Hil rompiendo el silencio mientras sujetaba el hombro de su hermano mayor.

“No tienes idea de cuánto he sacrificado por esta familia, Hil. Sin embargo, por mucho que lo haya pensado, solo hay una cosa de la que me arrepiento. “

“¿Cuál es?” pregunté atrayendo su atención.

Remy dejó a su hermana para pararse a escasos centímetros de mí.

“Me arrepiento de no haberte dicho lo que sentía antes,” declaró Remy crudo de emoción.

Me cortó la respiración.

“Dillon, he estado enamorado de ti durante tanto tiempo. Desde el momento en que te conocí, nunca me bastaba. Cada vez que venías a pasar el rato con Hil, me preguntaba si te dabas cuenta de mí. Así que cuando te tuve tan cerca, cuando tuve todo lo que siempre quise en mis brazos, fui lo más feliz que pude ser.

"Cuando me dejaste, intenté vivir sin ti. Sabía que al hacerlo estaría manteniendo a salvo a todos los de aquí. Pero la solicitud era demasiado. No puedo alejarme de ti, Dillon. Te necesito. Estoy aquí para decirte que si me aceptas, nunca te volveré a dejar."

Recolecté mis emociones, intentando controlar la abrumadora ola que amenazaba con estrellarse.

"Remy," comencé suavemente, "te dejé por una razón. Tienes que estar con Eris. La vida de todos depende de ello. Y aunque no dependiese, no puedo ser la otra mujer. Si pudiera, lo haría por ti. Pero no puedo. ¡Lo siento!"

"Pero por eso estoy aquí," explicó Remy. "Sé que no puedo simplemente abandonar a Eris. Pero tampoco puedo vivir sin ti," declaró Remy, desnudando su corazón. "Así que estoy aquí otra vez para pedirte tu ayuda. No tengo todas las respuestas como lo hacía mi padre. Y no soy él, no puedo hacer esto solo. Necesito la ayuda de las personas que amo. Y te amo a ti."

Cada palabra de Remy fue como un bálsamo para mi alma atribulada. Me amaba. Soltando un suspiro que ni me había dado cuenta de que estaba conteniendo, me entregué a él.

"También te amo, Remy," confesé.

Con eso, Remy deslizó su mano detrás de mi cuello y me atrajo hacia él. El placer me envolvió como una cascada. Sus labios familiares eran hogar. Sintiendo su calor al abrir mi boca, me perdí. Y cuando su lengua entró en busca de la mía, ya no quería que se fuera.

La electricidad flotaba entre nosotros. ¿Cómo pensaba que podría mantenerme lejos de él? Simplemente no podía. Y mientras nuestras lenguas danzaban y su otra mano halló mi trasero, el momento se quebró por la reacción de mi mejor amiga al verme besar a su hermano por primera vez.

"¿Deberíamos irnos?" preguntó Hil con sinceridad.

Mordí mi labio mientras nos alejábamos y nuestras frentes se tocaban, buscando la realidad. Mirándonos a los ojos, estallamos en risas.

"De nuevo, ¿deberíamos irnos?"

"No, no," dijo Remy erguido. "Voy a necesitar vuestra ayuda también." Dirigió su mirada de Hil a Cali. "La tuya también," dijo con vulnerabilidad.

Cali lo miró.

"Sigo pensando que eres un imbécil," sentenció Cali.

Remy rió con sorniona. "Es mi mejor atributo," bromeó.

"Pero, me ayudaste a recuperar a Hil," admitió Cali, suavizando su expresión. "Así que, te ayudaré con esto."

"Los dos lo haremos," acordó Hil. "Es hora de que el resto de nosotros en esta familia también demos un paso al frente. No todo depende de ti. Estamos en esto juntos."

Un alivio inundó a Remy. "Gracias. No saben lo mucho que significa para mí. Entonces, ¿alguna idea brillante?"

Lo reflexioné, mi mente frenética con posibilidades. "¿Crees que Armand tiene algo que pueda arruinarlo?"

"¿No todos lo tenemos?" dijo Remy con una sonrisa cáustica. Observando nuestras caras desconcertadas, añadió, "Mal público. Sí, hay una gran posibilidad de que Armand tenga algo que pueda arruinarle. Pero qué podría ser y dónde podríamos encontrarlo, no tengo ni idea."

"¿No seguís todos los jefes de la mafia un mismo patrón?" Cali provocó.

"Por supuesto, pero devolví mi guión a la biblioteca. Si no fuera por esas malditas multas de demora…," respondió Remy con sarcasmo.

"Lo dije, eres un imbécil," sentenció Cali.

"Y como ya dije, de alta calidad," Remy bromeó volviéndose hacia el hombre al que amaba.

"En serio, ¿creéis que tiene algo que podríamos usar en su contra?" repetí lentamente, empezando a vislumbrar una idea.

"Nuevamente, sí. Pero no es como si estuviera vigilándolo constantemente. Podría ser cualquier cosa y estar en cualquier lugar. No sabría por dónde empezar."

"¿Qué pasa si hubiera alguien que sí lo supiera?" pregunté.

"¿Eris? No hay forma de que vaya a ayudarme a derrocar a su padre. Está bastante enfadada conmigo en este momento."

"¿Qué paso?" pregunté, incapaz de contener mi curiosidad.

"Digamos que me aparté de ella en un mal momento."

"¿Por qué?"

"Porque cuando te das cuenta de que quieres pasar el resto de tu vida con alguien, quieres que el 'resto' comience lo antes posible," dijo Remy, tocando mi alma profundamente.

"Cali, ¿por qué nunca me dices cosas así?" preguntó Hil a su novio.

Cali suspiró y miró a Remy. "Cabrón".

"Gili**llas," respondió él, sin perder un instante.

"Bien, ustedes dos," intervine, buscando frenar las cosas antes de que empezaran. "Estaba pensando en Jimmy."

"¿El agente del FBI?" preguntó Remy, notablemente sorprendido.

"¿Eres amiga de un agente del FBI?" Hil preguntó perplejo.

"No, no sólo de un agente del FBI. Él trabaja en la división de crimen organizado," explicó Remy, encontrando sociedad en su sorpresa.

"¿Eres amiga de un agente del FBI que trabaja en crimen organizado?" Hil repitió, dejando a Cali cuestionándome.

"Es un amigo de la escuela primaria. Crecimos en el mismo edificio. Me lo encontré mientras buscaba ubicaciones para el proyecto de Remy," intenté aclarar.

"Y luego le pidió que formara parte del consejo del centro comunitario," añadió Remy, disfrutando de mi turbación.

"¿Invitaste a un agente del FBI a formar parte del consejo del centro comunitario?" preguntó Hil atónito.

"¡Es lo que he dicho!" exclamó Remy encantado.

"Hay muchas bandas en el área. Me ofreció ayuda para hacer del centro un lugar seguro."

"¿No te parece que podría haber sido una decisión discutible considerando quién estaba financiándolo todo?" replicó Hil.

"No tú también, Hil. Mira, hice lo que pensé que era lo mejor para todos," comencé a cuestionar mi decisión. "Si queréis que lo saque del consejo, lo haré."

Viendo mi angustia, Remy intervino.

"No, no, estoy seguro de que cualquier decisión que tomes será la mejor. Y en la cárcel permiten visitas conyugales, ¿no? No creo que pasar de 10 a 20 años separados nos rompa."

Sintiéndome agobiada, lancé un chillido. "Lo siento. Lo eliminaré de inmediato."

"Sólo te estamos tomando el pelo," explicó Remy con una sonrisa. "Hil, dile a Dillon que sólo estás jugando con ella."

Cuando Hil no respondió, Remy lo instó de nuevo. "Hil, dile a tu mejor amiga que fue una broma."

"Fue una broma," declaró él sin mucho entusiasmo.

Dirigí la mirada hacia Remy cuyos ojos iban y venían entre su hermana y Cali.

"Vale, gente, sólo voy a decir esto una vez más. No soy mi padre. Soy un legítimo hombre de negocios. Nuestra familia ahora es completamente limpia. No hay nada que el amigo del FBI de Dillon pudiera encontrar en nosotros por mucho que Dillon quiera que lo haga".

"¿Remy?"

"¡De broma!"

"¡Cabrón!"

"Campesino."

Hil nos miró. "Ahora que hemos superado esa parte de la mañana, ¿qué sigue, Remy?"

"¿A qué te refieres?"

"Encontraste a Dillon. La has reconquistado. ¿Y ahora qué?"

"Supongo que el siguiente paso es elaborar un plan," respondió Remy, algo incierto.

"Bueno, has dicho que necesitas nuestra ayuda para ello. ¿Qué te parece si te quedas aquí con nosotros?"

"¿Con vosotros?" protestó Cali de inmediato.

"Dillon ya está aquí. Puede quedarse en su habitación." Hil se volvió hacia los dos. "¿Verdad?"

Miré a Remy. "Eres bienvenido a quedarte. Nos llevará algunos días dar forma a un plan."

"¿Estás sugiriendo que me quede en Hicksville?"

"Si vas a faltar al respeto a nuestra ciudad de esa manera…."

"Estoy bromeando. ¿Qué es lo que hace que los de las colinas no podáis aguantar un chiste? ¿Es todo ese incesto?"

Cali se lanzó hacia Remy y le agarró la camisa. Remy le permitió hacerlo con una sonrisa.

"Está intentando provocarte," explicó Hil.

"Lo está consiguiendo," declaró Cali.

"No te dejes."

"Y Remy, ha dicho que necesitas la ayuda de todos nosotros. Eso incluye a Cali. ¡Así que sé amable!"

"Está bien, seré amable. Estoy seguro de que tenéis un pueblo encantador lleno de gente maravillosa."

La intensidad de Cali se disipó hasta que finalmente lo soltó.

"Y estoy seguro de que sólo la mitad de vosotros compartís el mismo padre," añadió Remy sin poder resistirse.

La cabeza de Cali giró hacia Remy, pero esta vez no reaccionó. Sólo se quedó mirándolo.

"¿Remy?" le regañé.

"Bien, un cuarto de vosotros."

"¡Remy!"

"Sólo hay tanto…"

"Remy, necesitas su ayuda."

Suspiró y se controló.

"Esto," dijo, señalando el bed 'n breakfast. "Esto es… encantador. Verdaderamente encantador. Deberías estar orgullosa de haber crecido en un lugar así. Hil y yo no lo hicimos y estoy seguro de que salimos peor por ello."

Remy se dirigió a mí.

"¿Estás contenta?"

"Lo estoy," dije sorprendida por su lado más tierno.

"Gracias," respondió Cali, de repente confundido y desarmado. "¿Quieres… uhh… ¿desayunar? Tu hermano tiene muy buena mano en la cocina."

"¿En serio?" preguntó Remy con asombro. "Eso es una de esas cosas que necesitaré ver para creer," dijo mi chico antes de sentarse a la mesa y formar parte de nuestro grupo por primera vez.

Después de disfrutar del impresionante desayuno de Hil, Cali lavó los platos mientras los cuatro pensábamos en un plan. Remy describió las ideas de Hil y las mías como ridículamente ingenuas, aunque se aseguró de lanzar un elogio cuando provenían de mí. Y mi chico describió las ideas de Cali como sociópatas, pero para ser justos, lo eran.

"Podríamos simplemente bombardear el lugar y acabar con ello," sugirió Cali mientras lavaba un plato.

"Y esa es una opción," respondió Remy antes de preguntarme con los labios '¿Va en serio?'

Dirigí la mirada a Hil buscando una respuesta. Los ojos de Hil saltaban entre nosotros mostrando una expresión de que no estaba seguro.

"Eso es lo que nos hizo," aclaró Cali. "¿No es eso lo que gente como él hace?"

"Cierto. Lo de la bomba en el maletero," recordó Remy pensando en lo que uno de los secuaces de Armand hizo intentando matar a Hil. "Así que, digamos que ponemos una bomba en su casa y lo matamos. Habremos matado a un hombre. Tú, con tu actitud de pequeño pueblo de 'Vaya, vaya', por favor y gracias, ¿crees que podrías vivir con eso?"

"¿Por qué deberíamos preocuparnos por lo que le pase a él?" preguntó Cali amargamente.

"De acuerdo," dijo Remy, sintiéndose incómodo. "Sé que te disparó…"

"Sí, me disparó," replicó Cali con veneno.

"Sé que te disparó," repitió Remy, intentando calmarlo. "Pero, no habría forma de que pudieras vivir contigo mismo si fueras parte de eso. Sí, Armand es un despojo que no merece vivir. Pero, no quieres ser la persona que hace que eso suceda. Créeme."

Un nudo en mi estómago se formó al escuchar la súplica de Remy. Al hacerlo, una desgarradora verdad me golpeó. Era igual para Hil y Cali.

"¡Nunca he matado a nadie!" gritó Remy sintiendo la mirada de todos. "¡Jesús! ¿Qué es lo que todos piensan de mí?" preguntó antes de levantarse y salir enfurecido.

Miré a Hil y a Cali mientras ellos me devolvían la mirada. Remy tenía razón. Todos lo estábamos pensando.

"Supongo que debería hablar con él," dijo Hil con aprehensión.

"No. Yo lo haré," dije, esperando que el tiempo que pasamos juntos hiciera la conversación más fácil.

Al salir de la cocina y del bed and breakfast, vi a Remy sentado en su coche. Medio esperaba que se marchara, pero no lo hizo. Simplemente se quedó allí, detrás del volante. Así que me uní a él.

"Que la gente pensara eso era mucho más fácil cuando no me importaba un carajo," dijo Remy cuando cerré la puerta de mi lado.

Me acomodé en el asiento para mirarlo y puse una mano en su rodilla.

"¿Cómo fue crecer como los hiciste? No debió ser fácil."

"Nuestro padre se preocupaba por su familia. Nunca dudé de su amor por nosotros ni una sola vez. Lo decía constantemente. Pero, mi padre no era un buen hombre. Vi cómo hacía cosas a otras personas por las que ardería en el infierno si existiera."

"¿Cómo qué?" pregunté con hesitación.

"No quieres saberlo."

"Tienes razón. No lo quiero. Prefiero pensar en tu padre como el hombre que trató bien a mi madre y pagó mi universidad. Nunca fui más que amable conmigo y me gusta creer que así era él."

"Y así es como debes recordarlo."

"No, no lo es."

"¿Por qué no? Él ya se ha ido. ¿Qué importa ahora?"

"Importa porque no deberías tener que llevar el peso de lo que has visto tú solo."

Remy me miró suavizándose. "No podrías soportarlo". Las cosas que he visto…"

"Sabes, no soy tan indefensa como la gente cree. Soy bastante fuerte."

Remy sonrió. "Lo sé. Eres la persona más fuerte que conozco. Pero tienes tus propias mierdas con las que lidiar. Al menos yo tuve un padre, por muy loco que estuviese. Tuviste que criarte tú misma."

"Tuve a mi madre," añadí rápidamente, sintiéndome a la defensiva.

"Sí, pero sé que trabajaba mucho. Pasaba más tiempo con nuestra familia que contigo," dijo con un toque de tristeza.

Eso me silenció. No estaba equivocado. Y eso podría haber sido la razón por la que empecé a observar al vampiro desde el otro lado de la calle.

"Tienes razón. Por un tiempo, sí sentí que me estaba criando yo misma. Pero tú creciste con una madre y un padre a tiempo completo. ¿Tienes menos cargas que yo?"

Remy miró hacia abajo pensativo.

"Quizás no. Mira, no quería decir nada…"

"No lo hiciste," dije sabiendo que no lo había hecho. "Solo estoy tratando de decirte que quiero estar ahí para ti. Quiero ayudarte a cargar con lo que te está pesando. Soy lo suficientemente fuerte. Puedo soportarlo. Y no quiero que te sientas solo. No conmigo alrededor," dije apretando su rodilla.

Remy me miró considerando. Cuando tomó su decisión, dijo, "Una vez vi a mi padre amputar a un hombre."

"¿Qué quieres decir?"

"Quiero decir que empezó cortándole los dedos con unas podaderas antes de pasar a sus miembros con una sierra de mano."

El shock y la náusea me sacudieron. "No entiendo. ¿Por qué?"

"Tenía información que mi padre quería y no la daba."

"¿Y simplemente cortó sus extremidades para obtenerla?"

"Y me hizo verlo," admitió Remy con dolor en sus ojos.

"¿Qué?"

"No era solo yo. Era toda su banda. Creo que quería mostrar a todos lo que pasaría si alguno de ellos lo traicionaba alguna vez."

Tuve que estabilizarme mientras digería la información.

"¿Estás bien?" preguntó Remy esta vez tocando mi rodilla.

"Dame un segundo," le dije honestamente.

Lo hizo y fue suficiente para que yo empezara a procesar lo que había escuchado.

"Así que, ya ves, cuando Hil o tú pensáis que yo soy como mi padre, significa algo un poco diferente para mí."

"Lo entiendo," dije compasivamente. Me detuve. "Espero que sea lo peor que hayas tenido que ver hacer a tu padre?"

Remy rió. "¿Qué tal si lo dejamos ahí por hoy? Estamos hablando de una vida entera de cosas. Yo he tenido tiempo para digerirlas. Podría ser un poco demasiado para escucharlo todo de una vez."

"Eso es justo", dije aliviada de no tener que escuchar más.

Remy se giró y miró hacia el edificio colonial y colorido frente a nosotros.

"¿En qué estás pensando?" Pregunté temerosa de lo que podría escuchar.

"Tenías razón. Contártelo me ha ayudado". Se volvió hacia mí. "Es demasiado, ya sabes. Pero me siento un poco más ligero", dijo con una sonrisa.

"Me alegra", dije fingiendo mi entusiasmo.

"No debería habértelo dicho, ¿verdad? Te he traumatizado", dijo arrepentido.

"No", dije antes de bajar la cabeza sabiendo que era una mentira. "Quiero decir. Sí, es mucho. Pero eso es lo que significa compartir la carga. Significa que nadie tiene que llevar todo. Compartimos la carga. Y, soy lo suficientemente fuerte. Puedo soportarlo. Aunque, quizás no esté lista para volver a entrar todavía", dije forzando una sonrisa.

Mirándome un segundo, Remy giró y arrancó el coche.

"¿A dónde vamos?"

"Creo que podemos tomarnos el resto del día libre. Hay algunos sitios por aquí que visité cuando estaba planeando cómo recoger a Hil".

"¿Quieres decir cuando ibas a secuestrarla?"

"Patata, papas fritas".

"Esas no son la misma cosa".

"Eh", dijo Remy encogiéndose de hombros antes de arrancar.

Condujimos durante lo que parecieron 30 minutos y finalmente nos detuvimos al costado de la carretera.

"¿Dónde estamos?" Dije mirando a través del parabrisas a un mar de árboles frente a nosotros.

"¿Sabías que hay más cascadas en esta área que en cualquier otra parte del país?"

Me giré hacia Remy sorprendida. "¿Cómo lo sabes?"

"Tuve que pasar días aquí esperando el mejor momento para acercarme a Hil. Tenía mucho tiempo libre".

"¿Así que investigaste la ciudad?"

"Hice una búsqueda en Google".

"¿Y luego qué? ¿Fuiste de excursión?"

"Tu tono me hace pensar que no entiendes cuánto tiempo tenía libre".

Me recliné en mi asiento y lo pensé.

"Entonces, después de que Hil te pilló aparcado fuera de su casa, ¿qué hiciste?"

Remy lo pensó. "Probablemente cogí algo de desayuno en la cafetería. Quizás hice una caminata que tenía marcada en mi app de senderismo".

"¿Tienes una app de senderismo?"

"La descargué cuando estaba aquí. Hay tantas rutas aquí".

"Entonces, déjame entender esto. Después de hacer creer a Hil que alguien venía a matarla, ¿te ibas a caminar por los senderos?"

"Primero, había alguien aquí para matarla y no era yo. Segundo, no sabes lo bellas que son estas rutas. Te voy a mostrar. Vamos, vamos", dijo dándome una palmada en la pierna y luego saliendo del coche.

Siguiendo a Remy en el bosque, tuve que admitir, tenía razón. Me había resistido a hacer algo de esto cuando Hil lo sugirió porque, ya sabes, los insectos. Pero, nunca había visto un lugar más hermoso en mi vida.

Los frondosos árboles que parecían no tener fin, el arroyo murmurante que cruzamos varias veces, me tranquilizaban. Y cuando después de una milla nos acercamos a un estanque alimentado por una cascada, estaba lista para sentarme y absorberlo todo.

"No sabía que existían lugares como este", admití abrumada por todo.

"Pensé lo mismo".

"Pero, ¿no te burlas constantemente de Cali por ser de aquí?"

"Ah, el hecho de venir de un lugar hermoso no le impide ser un paleto. Ambas cosas pueden ser verdad", dijo Remy con una sonrisa maliciosa.

No quería, pero me reí.

"Cali es un buen tipo", aclaré.

"Lo sé, lo sé. Es perfecto. Nunca tuvo que ver cómo su padre desmembraba a una persona. Lo entiendo. Es mejor que yo".

"No es mejor que tú. Simplemente no es tan malo como lo haces parecer. Sabes que podría acabar siendo tu cuñado, ¿verdad?"

"Y estaré encantado de tenerlo. Tendré que inventarme algunos chistes más sobre paletos para añadir a la rotación. Pero es lo que haces por la familia", dijo con una sonrisa antes de desabrocharse la camisa.

"¿Qué estás haciendo?"

"¿Pensabas que te había traído aquí para mostrarte los árboles? Estamos aquí para desnudarte", dijo con una pícara sonrisa.

Reí sin tener claro si estaba hablando en serio. Resulta que lo estaba. Vi cómo Remy se desnudaba completamente y luego se zambullía de cabeza en el agua. Me quedé asombrada.

"Ven, el agua está perfecta".

Miré a nuestro alrededor preguntándome si Remy había perdido la cabeza.

"¿Estás bromeando? Estamos en medio de la nada. Podríamos ser devorados por un oso o algo así".

"Pienso que has pasado por alto la parte más importante de lo que acabas de decir. Estamos en medio de la nada. No hay nadie a kilómetros a la redonda", dijo chapoteando en el agua.

"Claro, así que no habrá nadie alrededor para oírme gritar." "Exactamente. No hay nadie alrededor para oírte gritar", dijo finalmente haciendo su punto.

Mi corazón palpitaba al mirar al hombre que había deseado toda mi vida. Era hermoso. Con sus mejillas afiladas y su mandíbula cincelada, era como si estuviera esculpido en mármol.

"¿Te unirás a mí?" Preguntó Remy sugestivamente.

"No debería", dije sintiéndome confundida.

"¿Pero lo harás? Me gustaría mucho que lo hagas", dijo seductoramente.

Los ojos ardientes de Remy me penetraron. Era como si ya no estuviera en control. Necesitaba unirme a él. Tenía que estar cerca de él. Así que, poniéndome de pie y quitándome la ropa, lo hice.

"¡Este agua no es perfecta, está congelada!" Exclamé cuando emergí.

"Entonces déjame calentarte", dijo Remy tirándome hacia él.

Encontrando un lugar donde podía estar de pie, Remy me atrajo hacia sus brazos. Su desnudez presionada contra la mía. Podía sentir todo de él, su pecho musculoso, su vientre plano y su erección cada vez más firme.

"Yo, ahh, no quiero que te hagas una idea equivocada," le dije perdiendo poco a poco el control de mis pensamientos.

"¿Y cuál es esa idea?" me dijo con los labios tan cerca de mi oreja que podía sentir su cálido aliento.

"Que quiero que pase algo entre nosotros."

"Nunca haría nada que tú no quisieras. ¿Qué quieres que haga, Dillon?", preguntó enviándome escalofríos por toda la espalda.

En un instante, sentí un suma excitación.

"¿Qué quieres que haga, Dillon?"

Si no estuviéramos en aguas frías, estaría sudando.

"Quiero que tú…"

"¿Que haga qué?"

"Bésame", dije temblorosamente.

Presionó su mejilla contra la mía, nuestros mentones se rozaron. Fue suficiente para acercar sus labios a los míos. Sentí su cálido roce contra mí, pero no reaccioné. No sabía por qué, pero me sentía tímido. Era como si fuera mi primera vez. Y sin preguntar, se convirtió en mi dispuesto maestro.

Con delicadeza, abrió mis labios y sentí su lengua tocando la mía. Mi cerebro se iluminó al instante. Luchando y empujando contra ella, invitó a la mía a unirse a la suya. Cuando ambas danzaron, su dominio sobre mí se hizo evidente. Yo era suyo para hacer conmigo lo que quisiera, y yo deseaba todo.

Perdiéndome en nuestro beso, redescubrí la sensación de su duro pene rozando contra mí. Me dejó sin voluntad. Cuando su mano baja rodeó mi trasero, mi corazón se aceleró. Necesitaba más, así que me balanceé intentando acercarme más a él.

"¿Qué más quieres que haga?", me preguntó susurrando a mi oído.

No respondí.

Frotó su pene contra mí llenándome de deseo.

"Dime qué quieres", insistió minando mi resistencia.

"Quiero…"

"¿Qué quieres?"

"Quiero…" comencé de nuevo, embriagada al instante por el pensamiento.

"Dime," exigió. "Quiero oírte decirlo."

"Te quiero," dije, sabiendo que era verdad.

De inmediato me levantó en sus brazos y me aferré a él. Con mis brazos alrededor de su cuello, mi timidez se esfumó. Mientras nos acercábamos a la cascada, besé sus labios. No sabía a dónde me estaba llevando, pero mientras estuviera con él, no me importaba.

Entrando en la cascada, el caudal nos engulló. La sensación fue intensa. De pie allí, podía sentir la punta de su pene rozar mis muslos. Buscaba mi entrada y yo ansiaba que la hallase. Cuando lo hizo, aflojé las piernas sintiendo cómo me adentraba. Eso me desquició.

Necesitando más, me balanceé intentando hacer que entrara en mí. Todo lo que sentí fue la presión. Permitiéndome sentarme completamente sobre su pene, rogaba en silencio sentirle dentro. Pero no sucedió. Era el agua. La fricción era demasiado.

Justo en ese instante, aun con mi trasero en su brazo, pasamos por la cascada hasta llegar a su otro lado. El eco de las gotas me indicó que estábamos en una caverna. Aquí, la poza era menos profunda.

Saliendo del agua, Remy me colocó en la suave orilla. No quería terminar nuestro beso, así que me agarré a él todo el tiempo que pude. No fue mucho. Y al romper el circuito, agarró la parte posterior de mis rodillas y levantó mis caderas al aire.

El roce de la lengua de Remy en mi sexo era eléctrico. Jamás había sentido algo así. Retorciéndome bajo su toque, mis rincones más íntimos se abrieron para él. Y cuando la punta de su lengua acarició el interior de mi húmeda entrada, ambos supimos que estaba lista.

Deslizando su cuerpo sobre el mío, colocó mi talón en su hombro e inclinándose besó mis labios. Su lengua volvió a entrar en mi boca. Era deseada.

Al separar mis labios, su glande rozó mi entrada. Mientras que mi lengua jugaba con la suya, mi mente se nublaba a medida que él penetraba.

El dolor irrumpió en mi cuerpo. Su tamaño dolía hasta que, con un chasquido, se adentró en mí. Mis entrañas apretaban su pene.

Lentamente, se introdujo en mí. Me quedé inmóvil sintiendo cada centímetro suyo. Sentía tan bien que casi podría haber llorado. Con su ingle contra mí, demoró su retirada. Mi hombre no solo era grueso, sino también largo. Pareció una eternidad esperar a que su cabeza estuviera a punto de salir.

Pero cuando lo hizo, se reubicó sobre mí y volvió a entrar. Remy me estaba penetrando. No estaba preparada para ello pero no quería que cesase. Me llenaba completamente. Mis ojos se revolvían de placer. Y cuando pellizcó mis pezones al ritmo de su penetración, perdí el control.

"Ahhh", gemí dándole a entender que estaba cerca.

"Sí", gimió dándome permiso para gritar.

"¡Sí! ¡Sí!"

"Así es. Quiero oírte", dijo penetrándome con mayor fuerza.

"Más, dame más."

Remy instantáneamente cumplió. Nunca antes había experimentado un placer semejante. Si él no me hubiera sujetado, me habría desvanecido. Y cuando el cosquilleo invadió mi cuerpo, recorrió todo mi ser hasta descargarse en mi interior.

"Estoy casi, casi", grité mientras mis dedos de los pies se curvaban a punto de romperse.

"Ahhhh", grité mientras mi cuerpo se contraía dolorosamente para luego relajarse en éxtasis.

Cuando me abandoné al placer, Remy me abrazó con mayor fuerza. No tardó mucho en desplomarse encima de mí. Estaba agotado. Y yo también.

Por mucho que el contacto de su cuerpo en la piel sensible de mi clítoris me hizo sobresaltar, abrazar a Remy me relajó. Todo se sentía tan bien que apenas podía pensar con nitidez. Era cálido y confortable y no existía otro lugar en el mundo donde deseara estar. No quería que esto terminara nunca.

"Te amo", susurró Remy en mi oído.

"Yo también te amo", susurré de vuelta.

"Jamás quiero estar lejos de ti otra vez", confesó con agonizante emoción.

"Eres el único hombre que siempre quise", le confesé sabiendo que no podría dejarlo de nuevo aunque lo intentara.

Parecía como si hubiéramos estado allí juntos eternamente pero, finalmente, tuvimos que levantarnos. Sabiendo que teníamos que limpiarnos, volvimos al estanque helado. Dándonos una ducha bajo la cascada, no podía despegar los ojos de Remy. Tenía que ser el hombre más hermoso del mundo y era mío. Estaba dispuesta a luchar a muerte por él. Remy se había convertido en mi todo.

Al retornar a la posada horas después de haberla abandonado, encontramos a Cali y Hil en la terraza trasera conversando con dos hombres.

"Estos son mis hermanos, Tito y Claudio," nos informó Cali, tomando por sorpresa.

No era que no se parecieran a él. Claro que sí lo hacían. Sólo resultaba curioso que Claudio era negro y era más oscuro que yo.

Pero al buscar la semejanza familiar, era inconfundible. Cuando sonreían, sus carnosos hundían prácticamente sus rostros. Dios, eran sexys.

"Estaba pensando que podrían ayudarnos con ese asunto en el que estabas trabajando," Cali le planteó a Remy, a este por sorpresa.

"¿Y por qué pensaste eso?" Remy respondió recurriendo a aquella sonrisa que usaba para camuflar su irritación.

"Ayudaron a mantener a Hil a salvo cuando…"

"¿Cuando fui a buscarla?"

"Cuando casi nos matan con una bomba," puntualizó Cali, visiblemente contrariado.

"Correcto. Y estoy agradecido por ello. Aunque estoy seguro que estos distinguidos caballeros tienen asuntos más importantes que tratar que… ayudarme a 'mudarme'," Remy utilizó su propio código.

"Son mis hermanos. Si les pido que "te ayuden a mudarte," lo harán. Y pensé que estarías agradecido ya que necesitamos la ayuda."

"No necesitamos ayuda."

"¿Crees que podemos manejar eso entre los cuatro?" Cali desafió a Remy con un tono irónico.

"Por supuesto que no," respondió Remy a la defensiva. "Por eso es que se contrata a profesionales."

"¿Profesionales para… ayudarte a 'mudarte'?"

"Sí."

"¿Conoces profesionales que podrían ayudarte a 'mudarte'?"

Remy estaba a punto de desplegar su encanto para zanjar la conversación cuando se percató de su error. Su encanto se había esfumado.

"Conozco a alguien," dijo Remy sorprendido.

Se volvió hacia mí.

"Conozco a alguien que puede ayudar," me aseguró, con los ojos iluminados.

"¿De verdad? ¿Quién?" le pregunté, sin tener idea de lo que estaba a punto de suceder.

Capítulo 13

Pasé por las puertas del centro comunitario, impresionado por el bullicio de actividad en su interior. Los niños corrían de sala en sala mientras los voluntarios daban tutorías, preparaban comidas y repartían donativos. Dillon había creado algo increíble aquí.

Mis ojos escanearon la multitud hasta que se posaron en ella. Al encontrarla, mi corazón saltó un latido. Era difícil creer que finalmente era mía. Lo único que aún impedía que estuviéramos completamente juntos era Armand, y deshacernos de él era el objetivo de hoy.

"Hola a ti," dijo Dillon, acercándose con una sonrisa tímida que me derretía.

"Este lugar es estupendo. Has construido algo especial aquí," le dije sinceramente.

Las mejillas de Dillon se sonrojaron ante el cumplido. "Lo hicimos los dos. Nada de esto habría sucedido sin ti tampoco."

Empecé a protestar, pero me detuve. Dillon tenía razón, no se podía negar mi papel en todo esto. Pero su corazón y visión eran lo que habían dado vida a este lugar.

"¿Están todos aquí?" pregunté, cambiando de tema.

Asintió. "Casi todos. Están esperando en mi oficina. Advertencia, Cali está un poco más tenso de lo habitual."

"¿Y qué le has dicho?" bromeé.

"¡Nada!" declaró con esos ojos color chocolate que acababan con mis defensas.

"¿No has mencionado nada sobre duelos de banjos, verdad? Porque quiero reservarme eso para mí."

"No entiendo la referencia," dijo Dillon, mirándome confundida.

"Hay una escena en esta película clásica llamada 'Deliverance' donde dos campesinos secuestran a este tipo y le dicen que grite como un cerdo. ¡Grita como un cerdo! ¡Grita como un cerdo!" recité con mi mejor acento de campesino.

"Remy, la única razón por la que él está aquí es para ayudar. ¿Podrías ser amable con él al menos hasta que deje de arriesgar su vida por nosotros?"

Bajé la cabeza, sabiendo que la mujer de mi vida estaba en lo cierto. "Cuando se trata de Cali, no puedo evitarlo. Es demasiado fácil burlarse de él."

"Inténtalo. Por mí. Por favor," pidió Dillon, asegurándose de que lo toleraría.

"Cualquier cosa por ti," le dije antes de agarrar sus hombros y besarla. Había pasado mucho tiempo desde la última vez.

"¿Empezamos?" preguntó Dillon cuando la solté.

"No hay tiempo como el presente," dije antes de llevarla a su oficina.

Al entrar, observé la sala. Cali caminaba nervioso mientras Hil y el amigo del FBI de Dillon, Jimmy, estaban sentados en el sofá.

"¿Dónde está tu amigo el consultor?" preguntó Hil al verme solo.

"Sí, ¿dónde está este genio criminal del que tanto hablas?" añadió Cali.

Mis ojos se desviaron hacia Jimmy.

"Genio criminal en juegos de mesa, quería decir," corregí.

"¿En juegos de mesa?" preguntó Cali, sin entender por qué lo había dicho.

"Sí, eso es lo que te dije, recuerda. No conozco a nadie que pueda vencerle a 'Cluedo'."

"¿De qué estás hablando?" preguntó confundido.

Jimmy interrumpió a Cali. "Mira, no me importa en qué juegos sea bueno. La única pregunta que vale es: ¿puede ayudarnos a poner a Armand tras las rejas?"

"¿Esa es la postura oficial del FBI?" pregunté con tensión.

"Oh," dijo Cali antes de volver a pasear.

"A la Oficina solo le importa poner al mayor capo del crimen de Nueva York tras las rejas."

Cali se detuvo y miró en silencio a Jimmy.

Respondí, "Entendido. Tenemos que recordarlo," justo a tiempo para que mi as en la manga entrase.

"Perdón por la demora" dijo con acento francés, captando nuestro interés. "Fue difícil encontrar un estacionamiento donde no implicara ser asesinado," bromeó con una sonrisa.

Mi elegante primo entró y miró alrededor. "Ah, norteamericanos," dijo, desestimando de inmediato a nuestro variopinto grupo.

"¿Y quién demonios es este?" gruñó Cali, odiando instantáneamente todo acerca de él.

Sonreí. "El mejor jugador que jamás conocerás."

Lucien arqueó una ceja. "¿Qué es eso de jugador maestro?"

"Lucien, quiero que conozcas a Jimmy. Trabaja para el FBI."

Un destello de comprensión cruzó el rostro de mi primo. "¡Ah! Jugador maestro, como en videojuegos. Sí, claro," dijo dándole la mano a Jimmy.

Jimmy nos miró, sin impresionarse con nuestro subterfugio. "¿Podemos continuar con esto?"

"Sí, deberíamos," dijo Lucien, posicionándose a mi lado. "¿Qué es lo que venimos a hacer aquí, otra vez?"

Jimmy me miró molesto. "¿Él no sabe?"

"Por supuesto, que no lo sabe", dijo Cali volviendo a pasear aún más tenso.

"¡Él sabe!", aclaré. "Pero, lo diré una vez más para asegurarme de que estamos todos en la misma página. Estamos aquí para robar libros de Armand."

"¿Libros?" preguntó Lucien confundido.

"Libros de contabilidad", agregó Jimmy. "Una fuente del FBI nos dice que él mantiene dos conjuntos de registros financieros. Uno es exacto. El otro es para el IRS. Si podemos obtener ambos, podemos acusarlo de evasión de impuestos."

Hil rió. "Después de todo lo que ha hecho, ¿va a caer por evasión de impuestos?"

"A menos que puedas encontrarnos una lista de todas las personas a las que ha asesinado y las armas que ha utilizado, la evasión de impuestos es la única cosa que tenemos", le dijo Jimmy a Hil.

"Entonces es por evasión de impuestos," dije con una sonrisa. "Pero, el problema es que no sabemos dónde guarda los libros."

"De hecho, sabemos dónde los guarda", dijo Jimmy, corrigiéndome. "Están en la caja fuerte de donde quiera que él esté. Nunca se aleja de ellos por más de ocho horas."

"Lo cual nos ayuda", me di cuenta.

"Si consideras que siempre están protegidos por guardias armados como una ayuda", aclaró Jimmy.

"Los recuerdo", dijo Cali, inconscientemente tocándose la herida de bala.

"Todos lo hacemos", añadió Hil.

Jimmy, miró a nuestro alrededor confundido.

"Hemos tenido todos algún enfrentamiento previo con Armand", le dije a Jimmy.

"Ya veo. ¿Y ahora te vas a casar con su hija?"

"No si puedo evitarlo", le dije tomando la mano de Dillon.

Los ojos de Jimmy se desviaron hacia nuestras manos entrelazadas antes de volver a los míos en señal de comprensión. Los de Lucien hicieron lo mismo.

"Lo entiendo", le dijo Jimmy a Dillon como si estuviera armando el rompecabezas.

"Sí", confirmó Dillon.

"Bueno entonces. ¿Qué hacemos?" preguntó Jimmy a todos nosotros.

Nos miramos entre todos hasta que nuestros ojos se detuvieron en Lucien, perdido en sus pensamientos.

"No me presten atención. Sigan", dijo Lucien con desinterés.

"¿Hay algo que quieras compartir con el grupo?" le pregunté a mi primo con aprensión.

"¿Sobre esto? No. ¿Sobre la planificación de la fiesta de compromiso de mi primo? Tal vez," dijo con una sonrisa irónica.

"¿Fiesta de compromiso?"

"¿No crees que tu padrino dejaría pasar esta ocasión tan importante sin organizar una fiesta de compromiso, no?" preguntó ofendido.

Estaba a punto de explicarle que no planeaba casarme cuando continuó.

"El único problema es que estoy de visita desde Francia. Por la cantidad de personas que la familia de la novia querría invitar, nunca encontraría suficiente espacio. Y luego está la seguridad. Si tan solo alguien tuviera un lugar adecuado donde pudiéramos organizar una fiesta," concluyó con una sonrisa maliciosa.

Jimmy miró a Lucien. "Eso podría funcionar", dijo asombrado.

"¡Brillante!", dije empezando a creer que podríamos hacer esto.

"¿Cómo se dice, "maestro de juegos"?" bromeó Lucien.

"Lo que sea", dijo Cali, finalmente lo suficientemente relajado para sentarse.

"Supongo que no me vas a decir dónde has estado la última semana y media", me preguntó Eris mientras nos sentábamos uno frente al otro en Le Bernardin.

Cogí mi bebida y di un sorbo. "Si tan solo tuviera el tiempo," respondí asegurándome de que captara la referencia.

"Veo que te deshiciste del reloj."

"No me gustó el rastro que dejaba", dije tocándome la muñeca.

Eris me miró con conocimiento. "Podría negar que sé de qué estás hablando."

"Podrías, pero ¿por qué insultar nuestra inteligencia?"

"No fue idea mía", dijo Eris en voz baja.

"¿De veras?" dije con incredulidad.

"¿Realmente crees que sé algo sobre cómo instalar un rastreador en un reloj transparente?"

"No. Pero estoy seguro de que podrías encontrar a alguien que supiera descifrarlo."

Eris no respondió. Mirando a otro lado con culpa, volvió más decidida.

"Remy, ¿Por qué tenemos que estar en lados opuestos?"

"Porque lo que quieres no es lo que yo quiero, y además eres una psicópata."

"No lo soy", dijo ella con vulnerabilidad.

"Eso es precisamente lo que una psicópata diría", dije tomando otro sorbo.

"Mira, Remy, quiero casarme contigo tanto como tú quieres casarte conmigo", dijo dejando caer la farsa.

"Si ese es el caso, entonces cortémoslo. Vamos, simplemente marchémonos, olvidemos que esto pasó alguna vez."

"Entonces, ¿preferirías que mi padre matara a todos los que conoces?"

"Tienes razón. Definitivamente no eres una psicópata. ¿En qué estaba pensando?"

"¿Estoy equivocada? ¿Ves un escenario en el que mi padre decida alejarse de esto y permitirte mantener tu negocio o tu vida? Dime, ¿lo ves? ¿Ves algo así sucediendo?"

Pensé en ello. Ella tenía razón y lo sabía.

"Eso pensé. Y ¿ves algún escenario en el que no me casen con algún príncipe imbécil que no le importo para nada?"

También pensé en eso.

"Así que, lo que hago, lo hago por supervivencia. Y lamento que resultaras ser la mejor de mis realmente horribles opciones, pero lo eres. Así que, vas a aprender a vivir con ello, y lo harás sin hacerme sentir como una mierda por el resto de mi vida.

"Yo también merezco ser feliz, sabes. Y si nos diéramos una oportunidad real, quizás no sea lo que ninguno de los dos quiere, pero tal vez haya una forma en la que aún podamos ser felices", dijo ella sinceramente.

Bajé la cabeza reflexionando sobre lo que había dicho. Ella no se equivocaba. Se encontraba en una situación tan pésima como la mía. Ambos estábamos atrapados. No había forma de negarlo.

Suspiré resignado.

"Esa es más o menos la razón por la que nos he traído aquí".

"¿Qué?" preguntó Eris, confundida.

"Preguntaste a dónde he estado estos últimos días. Fui a un lugar donde pudiera poner en orden mis pensamientos. Tienes razón. Siempre has tenido la razón. Tu padre no va a desaparecer. Quiera o no, esta es mi nueva realidad. O la acepto o muero luchando contra ella. Y como tú, soy un superviviente."

"Entonces, ¿qué significa eso?" Preguntó, aprensiva.

"Significa que ganas. No voy a resistirme más. En algún lugar hay un camino para que sea feliz y voy a tomarlo".

"¿Lo harás?" preguntó desconfiada.

"Lo haré," confirmé con resignación.

"Eso es bueno", dijo Eris con dudas.

"Es lo que es", me giré hacia la puerta. "Ah. Y en ese sentido, hay alguien a quien quiero que conozcas."

Llamé la atención de Lucien con un gesto.

"¿Quién es él?"

"Ese es Lucien. Va a ser mi padrino de boda."

Al levantarme mientras Lucien se acercaba a la mesa, lo besé en ambas mejillas y le señalé una silla.

"Eris, este es mi primo, Lucien. Lucien, esta es mi prometida, Eris", anuncié mientras me sentaba.

Lucien la miró como si acabara de ver a Cristo.

"Remy, no me dijiste cuán hermosa es."

Eris, mesmerizada por mi encantador primo, se derretía con su mirada.

"Suele olvidar eso", dijo extendiéndole la mano.

Después de que él se la besó como si ella fuera el papa, dije, "Bueno, eso es suficiente".

Lucien me miró. "¿Noto un poquito de celos?"

Me volví hacia Eris. "No hagas caso a lo que dice. Siempre le han gustado las cosas que son mías."

"¿Pertenezco a ti?" Preguntó Eris, intrigada.

"Pertencerás", le respondí.

"Ya veo", dijo con diversión. "La última vez que lo comprobé, no pertenezco a nadie, y es un placer conocerle, Lucien", dijo con una sonrisa.

"El placer es todo mío."

"¡Basta!" Interrumpí lo que pasaba entre ellos.

"¡Estás celoso! ¿Quién habría pensado que todo lo que se necesitaba era esto?" Dijo Eris con una risita.

"Bueno, como dije, puedo ver un camino hacia la felicidad, y estoy dispuesto a hacer lo que sea necesario para defenderlo."

"Me gusta este nuevo tú", dijo Eris complacida. "Y si las cosas no funcionan entre los dos, tal vez los tres deberíamos darle una oportunidad".

"¡Basta!" Dije, luchando contra mi ira.

Eris se rió.

"Remy, relájate", Lucien intercedió. "Simplemente estoy muy feliz de conocer a la mujer con la que mi primo favorito pasará el resto de su vida."

"Seguro que sí," repliqué con aire sarcástico.

"De verdad", insistió inocentemente.

"En fin", cambié de tema. "Invité a Lucien aquí hoy porque tenía una idea."

"Sí", tomó la palabra Lucien. "Estaba pensando, dado que Remy solo se casará una vez, me gustaría organizarle una fiesta."

"¿Quieres decir una despedida de soltero?" Eris preguntó.

"Bueno, sí. Pero también algo más formal. Algo donde nuestras dos familias podrían conocerse mejor."

"¿Como una fiesta de compromiso?" confirmó Eris.

"¡Sí! Así es, una fiesta de compromiso."

Eris me miró. "¿Y estás de acuerdo con esto?"

"La idea no es mía", me defendí.

Eris me escrutó.

"¿Crees que tu familia vendría?"

"¿A pesar de que tu padre disparó al novio de mi hermano y luego irrumpió en el funeral de mi padre?"

"¿Qué has dicho?" Lucien preguntó. "¿Irrumpió en el funeral de tu padre…"

"No es nada", Eris interrumpió. "Agua bajo el puente. Esto se trata de comenzar nuestras nuevas vidas juntos. Un nuevo comienzo."

"Sí, un nuevo comienzo", dijo Lucien con entusiasmo.

"¿Qué piensas, Remy? ¿Vendría tu familia?"

"¿Tendríamos alguna opción?"

"Por supuesto. Una fiesta de compromiso se trata de celebrar. Si realmente ves un camino hacia la felicidad, creo que esto es un paso hacia él".

Consideré lo que Eris había dicho. "No voy a organizar una fiesta de compromiso".

"No tienes que hacerlo. Podemos alquilar un lugar", sugirió Eris.

"¡Ay!" Lucien se quejó. "Ustedes, los americanos, sois tan impersonales."

"¿Qué te parece la casa de mi padre en Long Island? Es grande pero acogedora. Y tienes acceso directo a la playa."

"Ah, la playa," dijo Lucien intrigado. "¿No suena bien?"

Lo pensé. "No sé si estaría preparado para ese compromiso. Muchas cosas han pasado entre nuestras dos familias."

"Por eso mismo es una mejor razón para hacerlo. Por favor, Remy, he pasado por alto muchas cosas y lo sabes. Merezco esto. Hazlo por mí."

Miré a Eris con sinceridad. "Tienes razón, te lo mereces. Hablaré con mi familia. Todos estarán allí."

"Oh, Remy, gracias," dijo emocionada mientras agarraba mi mano desde el otro lado de la mesa. "Estoy tan emocionada."

"Yo también", le dije antes de girarme a Lucien, quien me dedicó un guiño.

Cuando terminó la cena, le expliqué a Eris que iba a pasar un rato con Lucien, ya que era por mi culpa que estaba en la ciudad y no conocía a nadie más aquí. Ella aceptó la excusa, y se convirtió en mi recurso habitual para cuando necesitábamos reunirnos para repasar los planes.

"Recuérdame otra vez cómo vamos a entrar en la caja fuerte", insistió Cali, siempre tenso.

"Recuérdame si entrar en la caja fuerte es tu trabajo", le repliqué.

"No, pero…"

"Entonces, ¿por qué no te centras en tu parte del plan y te esfuerzas en no echarlo a perder?", le espeté, cortándolo.

"Está bien, entonces, ¿por qué no me lo recuerdas a mí?" dijo Jimmy, levantándose de forma amenazadora. "Considerando que el FBI está financiando esta pequeña operación, creo que la Agencia tiene derecho a saber."

Mis ojos iban y venían entre Cali y Jimmy, que ahora se enfrentaban a mí. Parte de mí quería mandarlos al diablo, pero tenía que admitir que los juguetes de Jimmy eran divertidos.

"Digamos solo que el trabajo que hice para mi padre requería habilidades especiales."

"¿Entonces vas a forzar la caja fuerte?" preguntó Jimmy directamente.

No confiaba del todo en Jimmy, así que no iba a responder de forma directa a eso. "Si me encuentro con una caja fuerte, no me impedirá conseguir lo que quiero".

La ceja de Jimmy se levantó de forma sospechosa. "¿Deberíamos preparar un plan de contingencia para cualquier tipo de explosión?"

"Solo si también planeamos esconder C4 en la tarta. ¿Vamos a esconder C4 en la tarta?"

Jimmy miró a Cali, Hil y Lucien. "¿Lo haremos?"

"¡No!" respondí enfadado. "¿No crees que eso sería algo que habríamos discutido antes? ¿Crees que se puede decidir hornear un pastel con C4 a dos días de la misión?"

"Remy, ¿puedo hablar contigo fuera?" Dillon propuso capturando mi atención.

Me volví hacia Jimmy, a quien preferiría seguir dejando en ridículo, pero me resultaba difícil resistirme a lo que Dillon quería.

"Claro", dije dándole a Jimmy una mirada reprobatoria.

Siguiendo a Dillon fuera de la oficina y a la calle, ella esperó a que cerrara la puerta antes de enfrentarse a mí.

"Remy, ¿qué estabas haciendo en ese lugar?"

"Lo has oído. Estaba respondiendo a un montón de preguntas estúpidas."

"No, no lo estabas. Estabas atacando a personas que solo están aquí para ayudarnos a empezar una vida juntos."

"Dillon, me están tratando como si no supiera lo que estoy haciendo."

Dillon movió la cabeza con tristeza en sus ojos. "Remy, te están tratando como si ellos no supieran lo que están haciendo. Y no lo saben. Lo más que Cali ha hecho es ayudarte a rescatar a Hil cuando Armand la secuestró. Y hasta ahora, Jimmy solo ha hecho trabajo de oficina. Tienes que tener eso en cuenta cuando les hables."

"Sí, pero…"

"No hay 'peros'. Sé que tú y Lucien han tenido una vida llena de este tipo de cosas. Pero nadie más aquí lo ha hecho. Tienes que tenerlo en cuenta. Todos estamos aterrados de que algo salga mal. Armand ya le disparó a Cali una vez. Sabemos de lo que es capaz. Ayúdanos a tener confianza en el plan", Dillon imploró con sus suaves ojos marrones bien abiertos.

Mirando a la mujer que amaba, me di cuenta de que tenía un problema. Por el resto de nuestras vidas juntos, nunca sería capaz de decirle que no. Ella me tenía en sus manos.

"Tienes razón. Voy a hacer lo que pueda. ¿Estamos bien?" pregunté apretando cariñosamente sus hombros.

"Siempre", respondió, levantando la mirada con un brillo en los ojos.

Besándola bajo las luces de la calle, recordé lo afortunado que era de tener a una mujer como Dillon a mi lado. Simplemente era todo lo que yo no era. Ella me ayudaba a ser la persona que siempre deseé ser.

Regresando al centro y a la oficina, me dirigí a todos.

“Vale, repasaremos todo esto de nuevo. Y continuaremos haciéndolo hasta que todo el mundo aquí se sienta cómodo con lo que tienen que hacer,” dije, mirando a Dillon.

La sonrisa que me devolvió me derretía el corazón.

“Mañana le sugeriré a Eris que ella y yo pasemos la noche en casa de Armand para no tener que lidiar con el tráfico de la tarde del sábado hacia Long Island. Sabiendo que su padre no estará allí, no tendrá razón para no aceptar. Una vez allí, y seguro de que Eris está durmiendo, utilizaré este práctico juguete”, dije levantando el glorificado detector de clavos que Jimmy suministró desde el FBI.

“Con esto, buscaré en las paredes del dormitorio y la oficina de Armand su caja fuerte de metal, la cual este aparato debería detectar fácilmente. Una vez que la encuentre, la forzaré”.

“Pero, los libros de contabilidad aún no estarán en ella”, señaló Jimmy.

"La casa tampoco estará plagada de seguridad. Así, si me lleva un poco más de tiempo descubrir la combinación, no pasa nada."

"Cierto", estuvo de acuerdo Jimmy.

"Y una vez que la tenga, me voy a la cama. Por la mañana, desayuno con Eris y espero a que llegue el servicio de catering."

"Ahí es cuando llego yo", interrumpió Dillon.

"Sí. Porque si el equipo de seguridad de Armand vale algo, antes de que llegue alguien, van a hacer una inspección anti-bugs. No pueden hacerla una vez que los organizadores y los de catering comiencen a preparar todo. Estará demasiado ocupado. Lo que significa que tú, Dillon, puedes llegar como parte del equipo de organización de fiestas e instalar los bugs y repetidores que necesitaremos para comunicarnos con la furgoneta de Jimmy que estará aparcada a un cuarto de milla de distancia."

"Me incomoda no poder entrar y ayudarte si algo sale mal", agregó Jimmy.

"¿Y qué podrías hacer? ¿Entrar a tiros? Te dispararían tan pronto como pusieses un pie en el césped y Armand se iría de rositas por defender su propiedad."

La mandíbula de Jimmy se tensó.

Miré a Dillon, escuchando su voz en mi cabeza. Ella ni siquiera tenía que decir nada para que me acercara a Jimmy y pusiera mi mano en su hombro.

"Mira, vamos a estar bien. Mientras todos hagamos lo que tenemos que hacer, estaremos dentro y fuera antes de que Armand se dé cuenta de que algo falta. Después de eso, tus gente examinará el libro mayor para determinar su autenticidad. Una vez hecho eso, Armand es arrestado y el FBI le convence para que no busque represalias contra ninguno de nosotros," dije, apretando mi mandíbula con dudas.

"Como he dicho, este no es el primer capo de la mafia al que se enfrenta el FBI. Sabemos lo que hacemos. No será tan tonto como para ir tras de ti una vez que hayamos terminado con él."

"Eso espero", respondí, aún sin confiar completamente en él.

Revisamos los detalles del plan hasta que todos se sintieron cómodos con él, di las buenas noches y me fui acompañado por Lucien.

"Sabes, ella te conviene", mencionó Lucien mientras volvíamos a casa.

"¿Dillon?"

"Sí, Dillon", contestó él, divertido. "Te suaviza".

"¿Piensas que necesito suavizarme?"

"Tienes fama de ser bastante intenso. Muy unidimensional. Sin pensar demasiado".

"Entiendo. ¿Hay algo más que quieras señalar que esté mal conmigo?"

"¿Eres defensivo?", bromeó.

Me reí.

"Si supieras lo que he visto… las cosas que he hecho", dije con un suspiro.

"Todos hemos visto cosas. Todos hemos hecho cosas que no queríamos, y ahora tenemos que encontrar la manera de vivir con ello. Pero ella, ella calma tu tempestad".

"Así es", admití.

"¿La amas?", preguntó, poniéndose más personal de lo que había hecho en mucho tiempo.

"Sí".

"Se nota", dijo Lucien con una sonrisa. "Es algo bueno". "Lo es", respondí, consciente de lo afortunado que era.

"Ahora, sobre este plan. ¿Crees realmente que este grupo lo logrará? Quiero decir, Dillon es ideal para ti, pero ¿puede plantar los micrófonos?"

"Dillon estará bien".

"Y el hombre corpulento que siempre parece estar a punto de perder los estribos, ¿puedes confiar en que hará lo que tenga que hacer cuando llegue el momento?"

"Déjame decirte algo sobre él. No hay nadie en esa habitación en quien confíe más".

"Yo estaba en esa habitación".

"Pero nunca has recibido un disparo por mí".

La boca de Lucien se quedó abierta. "Remy, te quiero, pero…"

"No te preocupes. Yo siento lo mismo", dije resignado. "Pero él, Cali, es con quien iría a la batalla".

"¿Y estás seguro de eso?"

"Apostaría mi vida por ello".

"Y vas a hacerlo", me recordó Lucien. "Estás apostando tu vida por todos ellos".

"No podría poner mi vida en mejores manos", afirmé, dándole una mirada tranquila.

"Debe ser agradable", exclamó Lucien, volviendo su mirada al parabrisas.

"Lo es", le respondí antes de que ambos cayésemos en silencio.

Al día siguiente, convencí a Eris de que deberíamos alojarnos en la casa de la playa aquella noche. Consulté con el equipo una última vez antes de partir.

"Puedes hacerlo, Dillon. Todos pueden", le aseguré por teléfono mientras conducía hacia Eris.

"Esto es, ¿verdad? O lo logramos o…"

"No hay un "o"". Lo lograremos. Y una vez que esté hecho, estaremos juntos.

"Te amo, Remy. Necesito que sepas eso".

"Yo también te amo, Dillon. Siempre te he amado, y siempre te amaré", le dije, sabiendo que era verdad.

Al llegar a la casa de Eris, me percaté de que el juego ya había empezado.

"Hola", dijo ella acercándose para un beso.

Mi instinto fue rechazarla, pero no lo hice. Permití que besara mis labios. Todo tenía que salir perfecto aquella noche. No podíamos discutir. Lo que implicaba hacer más de lo que me resultaba cómodo.

"Nos vamos el fin de semana", le recordé mientras echaba un ojo a las dos maletas que tenía que cargar hasta el auto en la planta baja.

"He empacado lo justo", respondió ella, sin rastro de ironía.

Con el coche cargado y en camino, repasé el plan una vez más en mi mente. No podía haber fallos. No había margen para el error.

No estaba seguro de lo que Armand haría si nos descubriera, pero no iba a dejar pasar la oportunidad de hacer un ejemplo de alguien. Y si se parecía lo más mínimo a mi padre, ese ejemplo iba a sufrir.

Cuando entré en la propiedad de Armand, mi resolución se reafirmó al ver a Eris salir del auto sin hacer caso a sus pertenencias. Contaba con que las llevara dentro por ella, lo que haría. Pero, ¿podía soportar interpretar el papel de esposo desagradecido ante una niña rica y mimada el resto de mi vida? No cuando tenía a Dillon esperándome.

"Las dejaré aquí", indiqué dejando sus maletas frente a nuestro armario.

"Si eso es lo que quieres", respondió ella, posando seductora en la cama que compartiríamos.

La miré, ya sabía lo que vendría a continuación. Hasta ahora había conseguido evitar acostarme con ella, pero las excusas empezaban a escasear.

"¿Has dicho que la cocinera dejó la cena preparada para nosotros?" preguntó.

"Sí, ha dicho que solo tenemos que calentarla", respondió ella, moviendo seductoramente su figura y mordisqueándose suavemente el dedo.

"Pues estoy famélico, ¿quieres que te caliente algo también?" le respondí.

"¡Vale, vale!" exclamó ella con resignación, dejándose caer en la cama.

La dejé en la habitación y me fui a la cocina. Sabía lo que la cocinera había preparado para Eris porque era lo mismo que ella cenaba todas las noches: una ensalada de kale con pechuga de pollo a la parrilla y una mezcla de frutas como postre.

Al abrir la nevera, ahí estaba la cena. Saqué los ingredientes y los coloqué en la isla de la cocina, luego saqué un frasco de mi bolsillo. Vertí el contenido en la fruta en ambas raciones, mezclé rápidamente y devolví el frasco vacío a mi bolsillo.

"¿Qué ha preparado la cocinera?" Eris me preguntó al entrar en la cocina.

"Prueba a ver", le contesté, seguro de que ella lo había pedido.

Ella examinó todo lo que había dispuesto delante de nosotros.

"Estoy segura de que te ha hecho una bandeja de lasaña o algo así. Busca en la nevera".

"Ya lo he hecho", respondí sabiendo que la cocinera lo habría hecho si Eris lo hubiera pedido.

"Bueno, esto es mejor para ti de todas formas", dijo ella, cogiendo una botella de vino y dos copas.

"En eso estoy de acuerdo", respondí, sabiendo que no podría aguantar una vida como aquella.

Mientras la veía comer, trataba de evitar el mirarla fijamente. Cuando terminó con la ensalada, empezó con la fruta.

"La fruta está realmente dulce", comentó mirando su cuenco. "Está buena. Me gusta."

"Así me gusta", concordé, empezando a comer mi ración después de ella.

Con el vino fluyendo libremente, Eris se volvió hacia mí con una mirada intensa en sus ojos.

"¿Piensas que soy guapa?"

La miré. No cabía duda de que lo era.

"Eres una de las mujeres más atractivas que he conocido", le dije sinceramente.

"Entonces, ¿por qué no quieres acostarte conmigo? ¿Es porque eres gay?"

"¿Y si lo fuera?" contesté, soñando con encontrar una salida.

Eris se rió. "He oído rumores. Sé que no eres gay. Pero, ¿qué es entonces?" preguntó, notándose el efecto del alcohol.

"Quizá solo estaba esperando el momento adecuado", sugerí de repente, llenándola de esperanza.

"¿Y cuándo es eso?"

"Tal vez la noche antes de nuestra fiesta de compromiso en una casa de playa solo para nosotros dos."

"Ah, sí", exclamó emocionada.

"Así es", respondí con una sonrisa.

"¿Te gustaría besarme?", preguntó con nerviosismo.

"Quizá sí", le respondí mirándola.

"Entonces, ¿por qué no lo haces?" preguntó, tímida.

"Entonces, ¿por qué no vienes hasta aquí?"

Eris se levantó de su taburete tras la isla de la cocina e inmediatamente se dobló por la cintura.

"¿Qué te pasa?" pregunté inocentemente.

"Nada, solo un dolor de estómago", respondió antes de enderezarse e intentarlo de nuevo. "Oh", exclamó dubitativa. "Perdona."

El eritritol es un alcohol de azúcar de cero calorías que se usa en los postres para reducir su contenido calórico. Hace unos meses,Probó una nueva marca de barrita de proteínas que le sentó mal. ¿El ingrediente principal? Eritritol, que también se puede encontrar en granulado en el pasillo de repostería.

"¿Qué te pasa, cariño? ¿No te sientes bien?" grité mientras fregaba los platos.

"Estoy bien. Te veré en el dormitorio", me respondió ella a gritos.

"Eso espero", murmuré para mis adentros.

Tumbado en la cama sin camiseta, esperé a mi prometida. Cuando llegó, no parecía tan segura de sí misma como solía estar.

"No me siento bien", dijo manteniendo distancia.

"¿Qué te pasa? ¿Es el estómago?" pregunté preocupado.

"Sí."

"¿Tienes gases?"

"No tengo gases", respondió a la defensiva.

"Entonces, ¿qué es?"

"Nada."

Le sonreí con coquetería. "Entonces, ¿por qué no te unes a mí?"

Dio un paso hacia mí y se tiró un pedo. "¡Oh!" Fue tan adorable que por un momento la consideré casi humana. Atrapada en su propio embarazo, retrocedió rápidamente y dijo, "Uh, no, mejor no esta noche."

"¿Cómo que 'No esta noche'?"

"Eso, que no, que no esta noche."

"Pero tenía planeado todo lo que iba a hacer contigo."

"¡No esta noche!"

"De acuerdo", dije decepcionado. "¿Preferirías que te cediera el dormitorio? Hay otras habitaciones en las que puedo dormir."

"Sí, haz eso."

"Bueno, si insistes," le dije recogiendo mi bolsa y saliendo de la habitación.

Tan pronto como estuve en el pasillo, la puerta del dormitorio se cerró detrás de mí con un golpe seco. Fue acompañado del pedo más ruidoso que jamás había oído. En unas horas, ella se sentiría mejor. Eso significaba que tenía hasta entonces para encontrar lo que buscaba y hacer lo que tenía que hacer.

Dejé mis cosas en la tercera habitación, saqué mi detector de cajas fuertes y me puse manos a la obra. El proceso fue tedioso, pero seguí adelante. Empezando por el dormitorio principal, revisé cada centímetro de la pared. Cuando terminé allí, revisé el baño principal.

Sabía que las posibilidades de que la caja fuerte estuviera en cualquiera de esos lugares eran escasas, pero era el mejor momento para buscar, mientras los efectos del eritritol estaban en su apogeo. ¿Qué excusa podría darle a Eris si me sorprendía en el dormitorio de Armand, especialmente desde que tuve que forzar la cerradura para entrar?

Por suerte, no tuve que dar ninguna. Y si ella me sorprendía en la oficina de Armand, siempre podría decir que estaba buscando un libro para ayudarme a conciliar el sueño. No era una gran excusa, pero podría funcionar.

Al abrir la puerta de la oficina de Armand en el piso superior, me deslicé adentro y la cerré tras de mí. Solo, examiné el espacio.

Los primeros lugares que revisé fueron los cuadros en la pared. El aparato de Jimmy indicaba que no había nada detrás de ellos. Luego revisé la estantería que ocupaba toda la longitud de la pared. Nada allí. Sentado en su silla de escritorio, inspeccioné su escritorio. Nada de nuevo.

Estaba a punto de concluir que el aparato de Jimmy no funcionaba cuando noté algo. La oficina tenía dos rejillas de ventilación. Una cerca del techo. La otra cerca del suelo.

Por sí sola, esto no era indicativo de nada. Las rejillas en el techo son mejores para enfriar mientras que las de suelo son mejores para calentar. Probablemente ni siquiera lo habría advertido si no hubiera examinado cada centímetro del dormitorio.

Al acercar el detector de cajas fuertes a la rejilla del suelo, este se activó inmediatamente.

"Te tengo", murmuré liberándome de mis inhibiciones y forzando la apertura de la rejilla.

Detrás de ella había una caja fuerte empotrada de uso doméstico. Conocía la marca. Había gastado mucho dinero obteniendo el código de emergencia hace unos años. MI padre había sido el culpable de eso. Un día, de la nada, decidió que era hora de que aprendiera a forzar cajas fuertes. Era una habilidad que él poseía y esperaba que yo la adquiriera.

El problema era que resulté ser terrible en ello. Sospeché que tenía que ver con la tecnología actual, mucho más sofisticada desde los días de mi padre, pero él se negó a reconocer el cambio. Cuando lo mencioné, dijo que estaba poniendo excusas. Por tanto, en lugar de seguir intentándolo hasta la frustración, hice lo más sensato: compré la empresa que fabricaba las cajas fuertes.

Fue mi primer negocio legal. A partir de ello, inicié mi nueva trayectoria. Aprendí que cada fabricante de cajas fuertes integra códigos de emergencia que pueden abrir cualquiera de sus cajas. Lo denominan como una medida de seguridad. Pero por el precio adecuado, pueden pasarte la información.

El único problema con la marca de caja fuerte que tenía enfrente es que su código de emergencia consta de 16 dígitos. Y para asegurar que sus cajas no son fácilmente vulnerables, incluyen 49 combinaciones falsas junto con la real. Parecía que me esperaba una larga noche, y así fue.

"¡Por fin!" Exclamé tres horas después, cuando identifiqué la combinación correcta.

Al abrir la caja fuerte, la encontré vacía excepto por unos 50,000$. Eso me sorprendió. Al crecer, el desván de mi familia había estado repleto de dinero en efectivo. Mi padre no podía blanquear el dinero lo suficientemente rápido. ¿Qué estaba haciendo Armand de manera diferente para que solo quedara suelto en su caja fuerte?

Ignorando ese enigma, anoté la combinación de la caja fuerte y la cerré. Dejando todo exactamente como estaba cuando entré, volví a cerrar la oficina con llave y me dirigí a mi habitación.

Tumbado en la cama, reflexioné sobre todo lo que estaba sucediendo. Todo dependía de que Jimmy tuviera razón acerca de que Armand siempre llevaba su libro de cuentas consigo. Si se equivocaba, todos estaríamos perdidos. ¿Cómo había llegado hasta aquí?

Durante mucho tiempo viví como si no tuviera futuro. Había aceptado que era el hijo de mi padre, predestinado a seguir sus sanguinarios pasos. Pero entonces ocurrió un milagro, mi padre cayó enfermo. Por trágico que fuera, fue la primera vez que vislumbré una salida.

Fue entonces cuando Dillon se convirtió en mi aliciente. Al no haber traspasado ninguna línea, aún podría convertirme en un hombre que ella pudiera amar. Fue por ella que se me ocurrió mi plan para legalizar mi situación. Y estaba a punto de conseguir todo lo que siempre quise hasta que Armand interrumpió el funeral de mi padre. No se conformaba con el imperio de mi padre. Tenía que apoderarse del mío también.

Eso sería su perdición. Porque lo que no había considerado era en quién me convertiría con Dillon a mi lado. Dillon era más que mi inspiración. Ella era mi guía. Desconocía mi verdadero yo hasta que Dillon me hizo reflexionar sobre ello.

Sí, "Acepta tu verdadero yo y serás recompensado" había sido el lema de mi padre, pero es difícil verse a uno mismo sin un espejo. Verme a través de los ojos de Dillon fue el espejo que necesitaba.

No era quien creía ser. Era alguien que sentía más que solo lujuria. Era una persona que necesitaba más que proteger a las personas que amaba.

Esas cosas eran parte de mí, por supuesto. Pero no era todo lo que era. Dillon me ayudó a ver eso. Y una vez que lo hice, por primera vez en mi vida, entendí que no era mi padre. Solo era su hijo.

Crecer con mi padre me había moldeado. Pero no me había convertido en otra persona. Todavía podía ser amable y menos reservado. Todavía podía ser el tipo de persona que Dillon podría amar.

Dejando a un lado mis pensamientos, repasé el plan una última vez y luego me volví para dormir. Cuando desperté a la mañana siguiente, el sol aún estaba saliendo. No había dormido más de cuatro horas y se notaba. Mi cerebro estaba funcionando más lento de lo habitual. Y considerando que era la única herramienta que necesitaba para sobrevivir hoy, esto no era bueno.

Intenté descansar un poco más, pero tan pronto como cerré los ojos, el plan tomó protagonismo en mi mente. ¿Podría Dillon mantenerse fuera de la vista mientras implantaba los micrófonos? ¿Sería capaz Cali de mantenerse firme cuando mirase a los ojos al hombre que le disparó y secuestró a Hil?

Más allá de eso, tenía que entrar y salir de la oficina de Armand. Su equipo de seguridad estaría por todas partes. Este había sido el plan de Lucien y mi primo era, sin lugar a dudas, un genio. Pero a la luz del día y con mi cerebro funcionando a medio rendimiento, esto parecía imposible. ¿Debería cancelarlo antes de que alguien a quien quiero resultara herido?

Un suave golpe en la puerta de mi habitación interrumpió mis pensamientos.

"¿Sí?" Pregunté preguntándome si el personal de la casa había llegado temprano.

Eso lo tomó Eris como su invitación para entrar. Vestida con un camisón translúcido que dejaba ver más que su perfecta anatomía, cruzó la habitación y se metió en la cama conmigo. Acogiéndose a mi espalda, envolvió mi brazo en torno a su reducido cuerpo.

Tan pronto como lo hizo, me tensé. Odiaba que fuera su cuerpo el que estaba presionado contra mí en vez del de Dillon. Pero nos quedamos juntos en silencio hasta que la tensión la hizo susurrarme: "¿Realmente quieres seguir adelante con esto?" Se refería a nuestra fiesta de compromiso. Pero era la pregunta que me venía haciendo acerca del atraco. Sentir su cuerpo donde debería haber estado el de Dillon, respondió a mi pregunta. Y el saber que esto podría ser así para el resto de mi vida, lo confirmó aún más.

"Sí, realmente lo hago", respondí, esperando que no pudiera detectar el filo en mi voz.

Eris sonrió, pareciendo complacida con mi respuesta.

Cuanto más tiempo permanecía a su lado, me sentía más revitalizado. Recuperado, luego repasé cada detalle del plan tal y como ocurrió.

Justo a tiempo, llegó el equipo de seguridad de Armand. Al escucharlos moverse en la planta de abajo, Eris y yo nos vestimos y nos dirigimos a la cocina. Tomando tazas de café, lo bebimos en el patio trasero.

Le llevó a la seguridad más de una hora revisar cada habitación. Mientras lo hacían, los seguí vigilante mientras Eris se perdía en la vista de la piscina y de la playa más allá de ella.

Cuando los hombres de seguridad no encontraron cámaras ni micrófonos ocultos, se reunieron para una rápida juntas y luego se marcharon. Fue entonces cuando llegó el personal de la cocina y los caterings. Discutiendo sobre la logística, inspeccionaron el espacio tan intensamente como lo había hecho la seguridad de Armand. Luego, llegaron los organizadores del evento y su equipo.

En cuanto vi a Dillon con su escaso disfraz, mi corazón latió con fuerza. No iba a ser suficiente si Eris la identificaba. Había algo demasiado reconocible en la forma en que Dillon se movía.

"Acabo de tener una idea", dije atrayendo la atención de Eris.

"¿Cuál es?"

"Es nuestra fiesta de compromiso, ¿no?"

"La última vez que comprobé, así era", respondió
Eris de manera brusca.

"Deberíamos coordinar lo que vamos a llevar."

Me sorprendió cuánto se iluminó el rostro de
Eris.

"¿De verdad?"

"Somos una pareja, ¿no?"

"Sí", dijo Eris encantada. "Mira, por eso traje dos
maletas."

"Tiene sentido. Buen trabajo al pensar en ello de
antemano", dije con una sonrisa.

Eris no podía estar más complacida consigo
misma.

"¿Deberíamos comparar lo qué hemos traído?"
Pregunté.

"¿Ahora?"

"¿Por qué no?"

"Vale, vamos", dijo ella, feliz.

"Guía el camino", incité, alentándola a que se
levantase.

Cuando se dio la vuelta, miré de nuevo a Dillon.
Me preocupaba por ella. ¿Y si Eris la había mencionado
a Armand y Armand llegaba temprano sabiendo cómo
era Dillon?

Ponerla en este tipo de peligro fue un error. Nada
valía la pena arriesgar su seguridad, pero no había nada
que pudiese hacer al respecto ahora.

El desfile de opciones de vestidos de Eris parecía interminable. Eso era bueno porque la mantenía en nuestra habitación donde definitivamente no vería a Dillon. Pero, en serio, ¿cuántos vestidos puede tener una mujer?

Cuando ya no pude aguantar más y estaba seguro de que Dillon había desaparecido a salvo, sugerí lo que deberíamos llevar y puse fin a la prueba de vestuario.

"Bien, necesito un rato para vestirme."

"Pensé que ya estabas vestida", dije sinceramente.

Eris me miró como si fuera un niño ingenuo. "Es nuestra fiesta de compromiso. Necesito ponerme guapa, tonto."

"Cierto. Bueno, nos vemos allí."

"No si te veo primero", dijo antes de desaparecer en el baño.

Vestido y pasándome los dedos por el cabello, eché un rápido vistazo al espejo y salí de la habitación. Me sentía seguro. Bajé las escaleras dispuesto a verificar la situación en la cocina, cuando vi dos cosas que no deseaba ver.

A través de la puerta principal abierta, vi a Armand llegar. Y a través de la puerta de vidrio que daba al patio trasero, vi a Dillon tratando desesperadamente de llamar mi atención. Cuando la tuvo, me hizo señas para que saliera.

"Deberías haber temas marchado ya", le dije llevándola a una sección apartada del jardín trasero.

"Lo sé. Lo sé", decía Dillon presa del pánico.

"Vale, Dillon, tranquila. Dime qué está pasando."

"Es el equipo. No está funcionando. Hice todo lo que Jimmy me dijo que hiciera cuando los monté, pero él no está recibiendo ninguna señal."

"¡Maldita sea!" murmuré intentando averiguar qué hacer.

Mi corazón latía a tambor batiente. La grabación de Jimmy era nuestro plan B. Si todo salía mal, él escucharía y llamaría a la caballería, por poco que esto pudiera servir. También era un recurso secundario por si no lograba apoderarme de los libros de contabilidad. Se suponía que tenía que llevar a Armand a donde sabía que había un micrófono oculto y hablar de negocios. Sin la grabación, no solo disponíamos de una única oportunidad, sino que si algo fallaba, estaríamos a solas.

"Jimmy cree que los hombres de Armand han instalado algo que puede bloquear la señal de radio."

"Nunca había oído hablar de algo así", comenté.

"Yo tampoco. Pero Jimmy dice que existen. ¿Quién es ese?" "¿Quién?" Pregunté distraído.

"¿Ahí arriba?"

Giré hacia Dillon y seguí su mirada. Al voltear, vi un rostro en la ventana del segundo piso. La persona nos observaba hasta que rápidamente desapareció. Tras contar las ventanas, supe exactamente de quién se trataba.

“¡Mierda!”

“¿Quién era?” preguntó Dillon alarmada.

“Eris. Necesitas marcharte de aquí de inmediato.”

“¿Y la grabación?”

“No la necesitaremos. Conseguiré los libros de contabilidad y estaremos bien.”

“¿Estás seguro?”

“Sí. Vete. Y en el camino, recoge todos los micrófonos que puedas. No queremos que alguien tropece accidentalmente con uno y lo estropee todo.”

“Vale.”

“Y, Dillon, una vez que estés lejos de aquí, quiero que te alejes todo lo que puedas de este lugar. Ve a un lugar donde nadie pueda encontrarte, ni siquiera yo.”

“¿Por qué?” preguntó con miedo en su mirada.

“Simplemente hazlo. Te contactaré lo antes posible. Pero si no tienes noticias mías, quiero que desaparezcas y no mires atrás.”

“¿Remy?” Dijo aterrada.

“Por favor, Dillon. Te amo. Y necesito que te vayas.”

Ella me miró con reticencia. Quería besarla. Me costó todo no hacerlo, pero sabía que no podía. Ya habían salido mal demasiadas cosas.

Cuando Dillon se marchó, se colocó la gorra más abajo sobre su frente y recogió los micrófonos de los maceteros a medida que avanzaba. ¿Sería esta la última imagen que tendría de ella? No podía pensar en ella ahora. Lo primordial era que se marchase de allí sana y salva.

Al entrar de nuevo en la casa y al salón, vi que Armand no era la única persona que había llegado. Lucien estaba con él, conversando de manera animada. Podía imaginarme de qué estaban hablando. Necesitaba mantener a Armand distraído mientras Dillon se alejaba, así que me acerqué. "Tu futuro padrastro", mencionó Lucien con entusiasmo mientras me acercaba.

"Sí, nos hemos conocido. Lucien, este es Armand." Me dirigí a Armand. "Lucien es mi primo por el lado francés de mi familia."

"Y su padrino", agregó Lucien con fervor.

"¿La parte francesa de tu familia?" inquirió Armand mirando a Lucien con complicidad. "He oído cosas".

"Espero que solamente buenas", respondió Lucien. "¿Eras amigo del padre de Remy?"

Armand me miró y sonrió. "Éramos colegas respetados", dijo con aire de suficiencia.

"Ah", exclamó Lucien antes de hacer una pausa. "¡Ahh!" Repitió como si finalmente comprendiera su significado. "Así que, te vas a casar con la empresa familiar", le dijo Lucien con una mano en mi hombro y dándome una palmada en el estómago. "¡Eso es, eso es!"

"¿Y tú y él, qué parentesco tenéis?" Preguntó Armand a Lucien.

Mientras Lucien explicaba, levanté la vista para ver a Dillon abrirse camino hasta la furgoneta del organizador del evento y luego conducirla hacia la calle. Sabía que debía haber vigilancia en la entrada al recinto. Pero estaban allí para impedir que la gente entrara, no que saliera.

Con Dillon ahora segura, me centré en la otra parte de nuestro plan. Lucien debía haber encontrado a Armand en el camino porque bajo su brazo llevaba un maletín de cuero. Ahí debía tener los libros de contabilidad.

"Lucien, ¿puedo hablar contigo un instante?" Pregunté interrumpiendo su charla. Me volví hacia Armand. "Asuntos de padrinos."

"Por supuesto", dijo Armand dirigiéndose a las escaleras. "Ha sido un placer conocerte. Hablaremos más. Quizás nuestras dos empresas podrían colaborar."

"Intrigante perspectiva", dijo Lucien con una sonrisa. "Nos encontraremos más tarde", le dijo a Armand mientras subía las escaleras. "Eso fue interesante", murmuró Lucien cuando Armand se fue.

"Parece que os habéis llevado bien", dije sin sorprenderme.

"He tenido mucha práctica tratando con hombres como él. No es difícil descubrir lo que tipos así quieren oír."

"Bueno, no te va a gustar escuchar esto. No solo los hombres de Armand han activado algo que bloquea la señal de radio de nuestros dispositivos, sino que estoy bastante seguro de que Eris me vio hablando con Dillon."

"¡Mierda!"

"Esa es la palabra."

"¿Qué vamos a hacer?"

"¿No eres tú el cerebro?" Pregunté con sarcasmo.

"¿No lo escuchaste? Esto es más un juego de video que un auténtico desastre como este."

Reí sintiéndome acorralado. "¿Lo dejamos?"

"¿Rendirnos? ¿Estás loco? Este espectáculo apenas ha empezado."

Me reí. "Solo necesitaba que lo dijeras."

"Ahí lo tienes. Ahora a bailar."

"¿Cómo?"

Lucien comenzó a mover los pies mirándome.

"¡Ah, claqué!"

"Sí, eso. Vamos a hacer claqué."

Lo miré sonriendo. "Entonces vamos allá."

"Allá vamos", dijo antes dejarme para dar la bienvenida a un invitado que no conocía previamente.

No pasó mucho tiempo hasta que la sala de estar de concepto abierto se llenó de gente desconocida para mí. Fue un alivio cuando vi algunas caras familiares. Y antes de que pudiera cruzar la sala para hablar con ellos, Cali ya había comenzado su segunda copa.

"Quizás quieras tomártelo con más calma, Campeón", le dije mirándolo intensamente.

"No me llames Campeón", respondió con una combatividad que nunca antes había mostrado.

"Está bien", dije mirando a Hil preocupado.

Mi hermana se encogió de hombros de forma apologetically.

"¿Y tú cómo estás, madre?" Pregunté besándola en la mejilla.

"Estoy aquí. Eso debería ser suficiente", respondió con severidad.

"Lo entiendo", dije quitándole la bebida a Cali de la mano y bebiéndola yo.

"¡Eh!" Exclamó molesto, antes de dejarnos para ir a buscar otra copa.

"No creo que debas presionarlo hoy", me dijo Hil, frunciendo el ceño.

"O quizás deberías tener a tu novio bajo una correa más corta."

"¡Remy!" Mi madre me regañó.

"Relájate, madre. Hil sabe que estoy bromeando. El día de hoy es suficientemente complicado sin poder aligerar la tensión."

Hil se inclinó hacia mí, "Solo digo, que no está en el mejor estado de ánimo ahora mismo."

"¿Quién lo está, hermanita? ¿Quién lo está?" Pregunté abandonando la conversación.

Con Armand devuelta en la fiesta entremezclándose con los invitados, comencé a buscar oportunidades para escapar. Pero lo que se volvía cada vez más preocupante era que mi prometida aún no había hecho su aparición. Esto no podía presagiar nada bueno. No se podía negar que a Eris le encantaba hacer una entrada triunfal, pero había pasado más de una hora desde que me vio hablando con Dillon. Tenía que asumir que su ausencia no era coincidencia.

"Entonces, ¿dónde está mi hija?", me preguntó Armand cuando me encontró solo.

Lo miré a los ojos buscando saber cuánto sabía. ¿Le había dicho Eris lo que había visto? ¿Ya estaban sus hombres buscando a Dillon para acabar con él? Estuve a punto de cancelar todo el plan cuando por las escaleras bajó un auténtico respiro para los ojos cansados.

"Allí está", le dije a Armand, dirigiendo su atención hacia Eris.

Cuando todos se volvieron, aplaudí, incitando los aplausos de los demás. Eris se detuvo, sonrojó y saludó a todos.

"Mi prometido", dijo apuntándome.

Cuando los ojos de todos estaban sobre mí, me acerqué a las escaleras y tomé la mano de Eris. La multitud continuó aplaudiendo. El único que no aplaudía era Cali.

¿Cuántas copas había tomado ya? Había perdido la cuenta después de la quinta. Esto no era bueno, pero solo podía resolver un problema a la vez.

Sosteniendo la mano de Eris, la conduje hacia la multitud. Al mirar atrás, ella se negó a mirarme. Sí, había reconocido a Dillon. No quedaba ninguna duda al respecto. La única cuestión ahora era cuándo iba a explotar todo este polvorín.

Mezclándome con una variedad de políticos locales y los ejecutores de alto rango de Armand, dejé a Eris y me encaminé hacia Hil, Cali y mi madre.

"Creo que tenemos un problema", dije en voz baja a Hil y a Cali.

"Creo que tú tienes un problema", dijo Cali, ya no sobrio.

"¿Es que un paleto está enredado con mi hermana?" repliqué.

"Que te jodan con esa mierda de hillbilly", replicó Cali, atrayendo la atención de las personas a nuestro alrededor.

"Cali, estás un poco ruidoso", señalé, agarrándole del hombro para que la conversación fuera entre nosotros.

"No me toques de esa maldita manera", replicó, quitándome la mano. "Siempre piensas que puedes decir lo que quieras, hacer lo que quieras. Pues, estoy harto de ello", prácticamente rugió a gritos.

"¡Cálmate, Cali!" insistí, sintiendo como todas las miradas se volvían hacia nosotros.

"¿Por qué? ¿Porque tú lo dices? Entonces déjame decirte lo que yo digo. Digo que si vuelves a llamarme paleto una vez más, vamos a tener un problema, aquí y ahora."

No podía creer lo que estaba oyendo. Miré a Hil con diversión. Inmediatamente, mi hermana supo lo que vendría después.

"No lo hagas, Remy", suplicó Hil.

Me volví hacia Cali, dispuesto a enfrentarlo. Apunté con fuerza a su pecho y dije: "Escúchame bien, endogámico, tarareador de banjo, paleto…"

Fue entonces cuando Cali explotó. Agarrándome como si pensara que tenía una oportunidad contra mí, puse mi mano debajo de su barbilla, amenazándolo con hacerle explotar la cabeza como un dispensador de Pez. Los dos forcejeamos de un lado a otro hasta que Lucien se precipitó y nos separó.

Mientras yo esperaba mi oportunidad para darle un golpe a Cali en la mandíbula, Armand se acercó.

"¿Hay algún problema aquí?" preguntó, claramente molesto porque estuviéramos peleando en el gran día de su hija.

"¿Hay algún problema?" Cali replicó, volviéndose hacia Armand. "Sí, hay un maldito problema."

"No le hagas caso. Solo está borracho", intercedió Hil, poniéndose entre Cali y Armand.

Cali apartó a Hil inmediatamente y se puso cara a cara con Armand. "¿Quieres saber cuál es el maldito problema?"

"Te advierto que te cuides con lo que vas a decir a continuación", dijo Armand.

"¡Cali!" exclamó Hil.

"Me disparaste. Eso es el maldito problema."

Armand parecía querer partir a Cali en dos.

"Creo que es hora de que te calles", amenazó Armand.

"Mira a mis ojos. ¿Parezco asustado de ti? ¿Ves algo familiar? ¿Revuelve algún recuerdo en esa loca cabeza tuya?"

Mientras veía cómo Cali se salía de las vías, me retiré. Su trabajo en nuestro plan era crear una distracción. Necesitábamos que todos los ojos estuvieran sobre él. Se había negado a decirme cómo iba a hacerlo, lo cual me alarmó. Pero lo había hecho. Esta era mi oportunidad.

Mientras los hombres de Armand se acercaban lentamente a Cali, me escabullí entre ellos y subí las escaleras. Teniendo el piso para mí, me apresuré a la oficina de Armand. Rápidamente forcé la cerradura y entré. Tenía aproximadamente 30 segundos antes de que los hombres de Armand arrastraran a Cali fuera y le dieran una paliza. Necesitaba volver abajo para entonces.

Al abrir la rejilla del suelo que revelaba la caja fuerte, saqué mi teléfono. Recuperando el código de seguridad, lo introduje. En un momento, la caja fuerte se abrió. Encontré los dos libros de contabilidad tal y como Jimmy había dicho, los saqué y los hojeé.

No podía creerlo. Esto era todo. Y justo cuando iba a cerrarlos, la puerta de la oficina se abrió y alguien entró.

"¿Eris?", pregunté, mirándolo con sus fríos y desprovistos ojos de emoción.

"¿Qué estás haciendo?", preguntó como si ya lo supiera.

"No es lo que parece."

"Parece que tú, Dillon, tu primo y tu cuñado bromista montaron esta fiesta de compromiso para ayudarte a robar los libros de contabilidad de mi padre."

Miré los libros en mis manos, sin palabras.

"¿Me creerías si dijera que me perdí por el camino al baño?", intenté bromear.

"¡Eres un imbécil! Me hiciste creer que estabas dándote cuenta", gritó Eris.

Rápidamente me levanté y cerré la puerta detrás de él.

"Mira, no puedes tenerme. ¿Lo entiendes? No soy una posesión que tú y Armand pueden ordenar a su antojo", repliqué, intentando mantener la calma.

"Bueno, veremos lo que mi padre tiene que decir sobre esto", dijo antes de intentar pasar por mi lado hacia la puerta.

"Te estoy ofreciendo una salida", dije, mi voz cargada de rabia.

"¿Qué?", respondió Eris, sorprendida por mi enojo.

"Esto", dije, levantando los libros, "es tu libertad. No quieres casarte conmigo. Ni siquiera me conoces. Para ti, solo soy la mejor opción entre un montón de posibilidades trágicamente horribles. Estás aquí porque estás atrapada, igual que yo. Si me llevo estos libros, ganas tu libertad.

"Tal vez encuentres a alguien que realmente te ame. Podrías tener la vida que tanto anhelas. Podrías ser feliz.

"Piénsalo. ¿Cómo te sentirías si fueras feliz por primera vez? Dime, Eris, ¿cómo te sentirías?"

Eris me miró en silencio. Pasó tanto tiempo que creí que todo estaba perdido.

"Me sentiría bien", dijo finalmente, inundándome de alivio.

"Entonces, regresa a la fiesta. Déjame llevarme esto. Y permíteme dar a Armand el castigo que merece."

"No puedes", dijo, y sentí un dolor de corazón.

"Sé que mi padre es una mala persona. Sé que se merece todo lo que quieres hacerle. Pero sigue siendo mi padre".

"¿Tu padre que te trata como a un animal?"

"Estar contigo no hubiera sido un castigo".

"Pero yo amo a otra persona, Eris. La amo con todo mi corazón. Y nunca podría amarte a ti", dije suavemente.

Eris bajó la cabeza.

"Pero podrías encontrar a alguien que te ame. Simplemente no soy yo".

"Te creo. Pero, aun así, no puedes encarcelar a mi padre. Haz lo que necesites para terminar con todo esto entre nosotros. Pero, si metes a mi padre en prisión, me quedaré sin nada. No podría soportarlo", dijo de manera vulnerable.

Viendo la sinceridad en sus ojos, me di cuenta de que no había tenido en cuenta eso. Quería destruir a Armand por amenazar a las personas que me importaban. Pero, ¿qué haría desenraizar sus profundas y fuertes raíces del suelo que dejaría atrás?

"Confía en mí", le dije sabiendo que no tenía razón alguna para hacerlo.

"¿Cómo puedo hacerlo? Me has traicionado en cada momento".

"Lo que hice fue luchar por la mujer que amo. Dejemos a un lado nuestras diferencias y permite que sea tu amigo".

Eris me miró desconcertada.

"Eris, de una forma u otra, saldré de aquí con estos libros de contabilidad".

"¿Porque harías cualquier cosa por las personas que amas?"

"Exacto. Y lo que te estoy pidiendo es que confíes en mí y te conviertas en alguien a quien pueda llamar amiga".

"Vale", asintió antes de retirarse lentamente de la puerta y de mí.

"Gracias", le dije sinceramente, viéndola bajo una nueva luz.

Me puse de pie, guardé los libros de contabilidad bajo mi brazo y abandoné la habitación. Esperaba que Eris llamara a su padre tan pronto como entré en la escalera, pero no lo hizo.

Y Cali estaba haciendo un trabajo mucho mejor de lo que podría haber soñado. Ahora estaba justo frente a la puerta principal con los hombres de Armand rodeándolo. Hil parecía a punto de llorar. Y mi madre se quedó en shock.

Con Armand aún enfocado en el rudo borracho que estaba armando un escándalo en la elegante fiesta de compromiso de su hija, Lucien corrió hacia mí para recoger los libros.

"Cambio de plan. Necesito que tomes esto, salgas de aquí y no digas nada a nadie hasta que tengas noticias mías. ¿Entendido?"

"Entendido", dijo Lucien, tomando los libros de contabilidad de mis manos y saliendo por la puerta trasera hacia la playa.

Cuando estuvo fuera de vista, dirigí mi atención a la última parte de nuestro plan, evitar que Armand matara a Cali. Avanzando entre la multitud fascinada, me deslicé entre los hombres que rodeaban a Cali y me puse frente a él. Levanté las manos.

"Bien, todos, cálmense. Cali es un imbécil, pero también está muy borracho. Diles cuánto has bebido, Cali", dije mirando al salvaje detrás de mí.

Me miró con cólera en sus ojos. Por un segundo casi pensé que no estaba fingiendo.

"Dije, diles cuánto has bebido, Cali".

Recobrándose, respondió, "Estoy muy borracho".

Me volví hacia la multitud: "Está confuso por cualquier alcohol que no venga de una jarra".

Alguien frente a nosotros se rió entre dientes.

"Mira, es una vergüenza para mí. Es una vergüenza para mi madre. Pero, ¿qué puedo decir? Mi hermana le ama. Así que, si dejo que le pase algo, no dejaré de escucharlo nunca. Terminemos esto con una disculpa y envíemolo a casa a dormir la borrachera".

Cuando todos se veían más calmados, me giré. "¿Cali?"

"Sí, ¿dónde está mi maldita disculpa?", gritó a Armand.

"Vale, ya es suficiente para ti", le dije mientras daba la vuelta a Cali y lo acompañaba fuera.

"Quiero mi maldita disculpa", gritó Cali por encima de mi hombro.

"El espectáculo ha terminado", le dije a Cali en voz baja. "Contrólate, DiCaprio".

Eso pareció registrar en su cerebro borracho. Mirándome a los ojos antes de darse la vuelta, Cali continuó enfadado mientras Hil, mi madre y yo lo conducíamos fuera.

Nadie cuestionó cuando metí a Cali en su camioneta. Ni siquiera dijeron nada cuando me metí con ellos y me fui. Todos sabían que veníamos de Manhattan. Nadie esperaba que Hil o mi madre supieran cómo conducir.

Al salir de la carretera de acceso que llevaba a la casa de playa, no pasó mucho tiempo antes de que una furgoneta con las ventanas tintadas se detuviera detrás de nosotros.

"¿Jimmy?" preguntó Hil mirando a través del parabrisas trasero.

"Jimmy", coincidí observando la furgoneta a través del espejo retrovisor.

"¿Estaban allí?" preguntó Hil sintiéndose libre para hablar.

"¿Qué estaba ahí?" preguntó mi madre, todavía en la oscuridad sobre todo.

Eché un vistazo al otro lado del asiento del banco del camión a mi madre.

"Hil está preguntando sobre lo que Cali acaba de arriesgar su vida".

"¿Y qué es eso?" Preguntó de nuevo.

"Mi libertad para estar con Dillon".

"¿Qué?" Preguntó mi madre confundida.

Sonreí.

"Entonces, ¿estaba allí?" repitió Hil.

"No estoy seguro todavía", respondí recordando la súplica en los ojos de Eris.

Los cuatro nos fuimos en silencio de vuelta al lugar de mi madre en la ciudad. Cuando llegamos, el pobre Cali estaba aún más borracho.

"¿Cuántas copas ha tomado?" le pregunté a Hil mientras lo colocabamos en la cama de la infancia de mi hermano.

"Estaba nervioso", admitió Hil.

"¿Entonces qué? ¿Ocho? ¿Nueve?"

"Probablemente. ¿Diez?" dijo Hil colocando la papelera al lado de la cama.

Mirando a Cali mientras oscilaba al borde del desmayo, me compadecí de él.

"Hil, sólo voy a decir esto una vez. Y si lo repites, negaré haberlo dicho. Pero, Cali es un chico realmente genial. Tienes mucha suerte de tenerlo".

Hil sonrió. "Lo sé".

"Buen trabajo, hermanita", le dije antes de envolver mis brazos alrededor de mi hermana.

"Tú también, Remy", respondió, desencadenando más emoción en mí de la que esperaba.

Dejando a Hil cuidar de su hombre, entré en la sala de estar. Jimmy me estaba esperando allí con mi madre.

"Madre, ¿te importaría dejar a Jimmy y a mí solos un rato?"

"Por supuesto. ¿Quieres otra bebida?", le preguntó a Jimmy.

"No. Estoy bien, gracias", respondió él levantando su vaso de limonada.

Cuando ella se fue, me hice una copa fuerte y me senté.

"No me dejes en suspense", insistió Jimmy. "¿Los conseguiste?"

Tomé un trago manteniendo el alcohol en mi boca dejando que quemara mis mejillas. Tragando dije, "Más o menos".

"¿Más o menos? ¿Qué significa eso?"

Cuando terminó mi conversación con Jimmy, supe que había una última charla que debía tener. Subiéndome al ya inutilizado coche de mi padre, conduje de vuelta a Long Island. El guardia de seguridad al final de la calle de Armand parecía enfadado. Radiando que estaba allí, obtuvo la aprobación para dejarme pasar. Mi corazón latía.

Esperaba ver a Armand esperándome en la puerta principal. No lo hizo. Al entrar en la ahora oscurecida y vacía casa, hice contacto visual con Eris que estaba allí para saludarme.

"¿Dónde está él?"

"Arriba en su habitación", dijo ella sin añadir nada más.

Corriendo por las escaleras hacia arriba, crucé el pasillo hasta el dormitorio principal. Con la puerta abierta, entré. Explorando la habitación, encontré a Armand en el balcón. Estaba mirando hacia la deslumbrada playa. Sabiendo que este era el momento, me uní a él.

"Tienes los registros, ¿no?" Preguntó sin mirarme.

"Sí", dije despreocupadamente.

"¿Cómo sabías que estaban allí?"

"El FBI ha estado construyendo un caso en tu contra durante años."

"Entonces, ellos te lo dijeron."

"Conozco a alguien en el FBI", admití mirando a la playa con él.

"¿Y qué hacemos ahora? ¿Te disparo en las rodillas hasta que los devuelvas? ¿Voy tras tu familia?"

"No lo recomendaría."

"¿Por qué no?"

"Porque, ahora mismo, el FBI solo tiene uno de los registros."

"¿Cuál?" Preguntó girándose hacia mí.

"El limpio, por supuesto."

"¿Y qué, vas a chantajearme?"

"Es un movimiento que me gusta llamar, 'El Armand'", dije con una sonrisa.

Él rió.

"No me inclino al chantaje tan fácilmente como tú."

"Imagino que no lo harías. Pero, te recordaré que ahora mismo, lo tienes todo. No hagas nada estúpido y eso no cambiará."

"¿Entonces, todavía te vas a casar con Eris?"

"Oh, no en absoluto. De hecho, has terminado con interferir en mi vida."

"¿Así que crees que puedes tratar a mi hija así y salirte con la tuya?"

"¿Por qué no debería pensar eso? Tú lo haces"

"Soy su padre."

"También su maldición."

Armand se rió. "Quizás".

"Mira, vamos a cortar el rollo. No te importa un carajo tu hija. Lo único que te importa es lo que siempre te ha importado, tu imperio."

"Me haces parecer un mal hombre," dijo Armand con una sonrisa.

Megarreí.

" Bueno, aquí está la buena noticia. Te voy a dejar conservar tu imperio. La única condición es que salgas de mi vida. Y mientras lo haces, dejarás de intentar casar a Eris como si esto fueran los años 1600."

"¿Detecto un lado sensible por ella?"

"Lo que detectas es empatía. No merece lo que le
estás haciendo."

"Lo estoy haciendo por ella."

"Lo estás haciendo por ti. No te engañes."

Armand sonrió. "Quizás lo esté haciendo.
Déjame decirte, es difícil pensar que son preciosas
cuando tienes tantas."

No estaba seguro a qué se refería Armand, pero
no me importaba.

" Entonces, dime, ¿tenemos un trato? ¿O le quito
tu razón para levantarte por la mañana?"

Armand me miró.

"Tu padre estaría orgulloso."

No supe cómo responder a eso.

"¿Tenemos un trato o no?"

"Lo tenemos."

"¿Y vas a dejar que Eris se case con quien
quiera?"

"Solo tanto como cualquier otro padre", dijo
mirándome con una sonrisa.

"Está bien", dije sabiendo que había conseguido
el mejor trato. "Ahora, espero no volver a verte nunca",
le dije antes de darle la espalda y marcharme.

Capítulo 14

Dillon

Mi pierna rebotaba ansiosamente mientras estaba sentada en el desvencijado sofá de mi apartamento en Nueva Jersey. Miraba mi teléfono, pero este no sonaba. Habían pasado horas desde que había huido de la casa de playa a insistencia de Remy, y no había sabido nada de él desde entonces.

Esperando su llamada, mil escenarios de pesadilla recorrían mi mente. ¿Había algo más que hubiera salido mal con el plan? ¿Había descubierto Armand lo que estábamos tramando? ¿Estaba Remy herido? ¿Estaba muerto?

Cuando mi teléfono sonó rompiendo el silencio, casi salto de la piel. El ruido ensordecedor rebotó en las paredes vacías. Traté de cogerlo apresuradamente, y mis manos temblaban.

"¿Hola?" Respondí con cautela.

"Dillon, soy yo", dijo Remy con un tono que calmó instantáneamente mis nervios desgastados.

"¡Remy!" Grité. "¡Estás bien! Estaba muy preocupada. No sabía lo que había sucedido o…"

"Está bien", me tranquilizó él. "¿Dónde estás? Necesito verte."

"¿Es seguro hablar? ¿Cómo sabría si alguien te estaba obligando a decir esto?"

Remy guardó silencio por un momento.

"¿Recuerdas aquella vez cuando te quedaste en el apartamento de mi familia y te pillé bailando desnuda y tocándote?"

El calor subió a mi rostro tan rápido como un nudista que se abrocha el cierre.

"No me estaba tocando", protesté deseando que no fuera cierto.

"Vale. Lo que sea. Dime dónde estás. Necesito verte."

"Estoy en mi lugar en Nueva Jersey."

Justo cuando lo dije, alguien llamó a mi puerta.

"Dios mío, Remy. Alguien está golpeando mi puerta."

"¿De verdad? Probablemente deberías responder."

"Pero ¿y si…?"

"Vas a querer responder."

Me levanté manteniendo el teléfono en la oreja. Me acerqué lentamente a la puerta, me incliné y miré por la mirilla.

"Remy", dije abriendo de golpe la puerta y lanzándole los brazos. "¿Cómo sabías que estaba aquí?"

"Te dije que fueras a algún lugar donde la gente no te buscaría."

"¿Y nadie va a Jersey?" Pregunté sarcásticamente.

"No voluntariamente", bromeó.

Me reí y le di un golpecito en el brazo.

"Viniste aquí."

" Solo demuestra cuánto estoy enamorado de ti," dijo Remy con una sonrisa.

"Estás tan enamorado de mí que estás dispuesto a venir a Jersey."

"Es una canción de amor que se escribe sola."

Me reí. "Pero en serio, Remy, ¿qué ha pasado?" Pregunté conduciéndolo adentro y hacia mi sofá.

"Se acabó", me dijo mientras me miraba a los ojos.

"¿En serio? ¿Armand va a ir a la cárcel?"

Remy se detuvo. "Puese…"

" ¿Qué?" Pregunté sintiendo un nudo en el pecho.

"Lo que te puedo asegurar es que no hay nada que pueda impedir que estemos juntos."

"¿Eris?"

"¿Ahora está de nuestro lado?"

"¿Y Armand?"

"Ha aceptado dejarnos en paz a cambio de que no destruya su mundo."

"Entonces, ¿le chantajeaste?"

"Básicamente", dijo Remy orgulloso.

"¿Y qué opina Jimmy de no poder poner a Armand entre rejas?"

"No lo aprobó, pero cree que es porque nos dio información errónea. Le dije que solo el libro de cuentas limpio estaba en la caja fuerte y he hecho los arreglos para entregárselo."

"¿Pero encontraste ambos libros en la caja fuerte?"

"Sí."

"¿Hay alguna razón por la que no le diste a Jimmy los dos libros?"

"Porque si hay algo que sé, es que en esta vida, es mejor tener amigos que enemigos."

"¿A qué te refieres?" pregunté confundida.

"Es una larga historia y tengo toda una vida para contártela".

"Entonces, ¿estás diciendo que verdaderamente ha terminado?"

"Parecería que sí".

"¿Y no hay nada que nos impida estar juntos?" pregunté sintiendo un cosquilleo creciente en mi estómago.

"De eso, estoy seguro", dijo Remy con una luz en sus ojos.

"Entonces, quizás deberíamos ..."

Y fue entonces cuando me besó.

Los labios de Remy eran como fuego contra los míos, incendiando una pasión que consumía todo mi ser. Sus manos recorrían mi cuerpo con hambre, mientras nuestro beso se profundizaba y mi corazón amenazaba con salirse de mi pecho.

Necesitada de sentir su piel caliente contra la mía, tiré de su camisa. Sin interrumpir nuestro beso, la desabrochó y se la quitó. Mis manos exploraron los duros músculos de su pecho y abdomen. Sentirlos flexionar bajo mis caricias hizo que mi entrepierna latiera.

Con creciente urgencia, Remy me guió hacia atrás por mi pequeño apartamento hasta que mis piernas chocaron contra el borde de la cama. Caí sobre el colchón. El poderoso cuerpo de Remy me aplastó. Sus labios dejaron besos por mi cuello y a lo largo de mi clavícula haciéndome ansiar más.

Dedos habilidosos se ocuparon rápidamente de mi camisa, dejando al descubierto mi pecho jadeante. La lengua de Remy rozó uno de mis pezones antes de llevárselo a su boca. Me arqueé contra él, jadeando ante los electrochoques de placer que recorrían mi cuerpo.

Las manos de Remy bajaron más, abriendo mis pantalones. Metiendo uno de sus grandes dedos entre mis piernas, acarició mi clítoris mientras continuaba prodigando atención a mi pecho. Estaba perdida en un éxtasis, todo mi mundo se redujo a las caricias de Remy.

Con sus labios bajando aún más, mi estómago tembló. Miré hacia abajo mientras se quitaba mis pantalones, observé cómo separaba mis piernas y presionaba su aterciopelada lengua contra mí.

"¡Dios mío, Remy!" grité, enredando mis dedos en su sedoso cabello.

Llevándome al límite una y otra vez con habilidad, le rogué que me liberara. Finalmente accedió, se retiró. Mirándome, una sonrisa diabólica iluminó su hermoso rostro.

Deslizándose de vuelta sobre mi cuerpo, se arrodilló sobre mí. Sosteniendo mis caderas y levantándome como si no pesara nada, me volteó sobre mi estómago. Tirando de mis caderas otra vez, me levantó a cuatro patas.

Sabiendo lo que vendría a continuación, temblé de anticipación. Su grande y fuerte mano recorrió las curvas de mi espalda. Parándose en mis hombros, siguió el ángulo hasta mi brazo. Cuando su mano estuvo sobre la mía, su pecho estaba presionado contra mi espalda. Y con su mano libre separando mis muslos, sentí la gruesa cabeza de su pene rozar mi entrada.

Empapada, con un empujón poderoso se enterró hasta el fondo en mí. Por mucho que mi orificio se hubiera abierto deseándolo, dolía. Una ola de doloroso placer me envolvió y gemí.

Había olvidado lo grande que era. Y cuando suavemente se retiró y encontró de nuevo mis profundidades, mis piernas temblaron. Me estaba perdiendo.

"Sí, Remy, por favor… más fuerte!" me escuché decir.

Inmediatamente cumplió. Con embestidas profundas, me folló sin clemencia. Mientras el sonido de nuestra carne golpeándose resonaba, gemí. Esto era un nuevo lado de Remy. Despertó algo dentro de mí.

"Más fuerte", le supliqué hasta que el marco de la cama retumbó violentamente debajo de nosotros.

Mi mente se desvaneció en un torbellino de sensaciones abrumadoras. El mundo entero se redujo al grueso pene de Remy embistiéndose en mí. Me reclamó por completo. No iba a durar mucho.

Cambiando ligeramente su ángulo, golpeó mi punto G. La electricidad me recorrió. Me empujó por el borde.

Cuando explotó mi clímax, me arrasó como una bomba. Estrellas estallaron en mi visión. Mi coño espasmódico se apretó alrededor del grueso pene de Remy. Fue suficiente para llevar a Remy al borde conmigo.

Arqueando su espalda, aulló de placer llenándome con todo lo que tenía. Vacío y exhausto, Remy colapsó encima de mí. Cuando su peso probó mi debilitada fuerza, caí sobre el colchón.

Juntos éramos un enredo de miembros sudorosos. Y con ambos jadeando en busca de aire, se deslizó a mi lado. Mientras dejaba besos tiernos en mi hombro, recorrí sus sensibles piel con mis dedos.

"Te amo", murmuró, acariciándome afectuosamente. "Y te protegeré por siempre."

Mi corazón se hinchó, rebosando de emoción. Este solo era el comienzo para nosotros, pero supe en ese momento que nunca lo dejaría ir. Sintió como si nos hubiera llevado toda una vida encontrarnos. Ahora, aquí estábamos, juntos.

"Yo también te amo", dije acurrucándome en sus brazos.

"Nunca volveré a soltarte", me dijo apretándome más.

Le creí. Remy era todo lo que siempre quise y todo lo que siempre necesité. Él era mío tanto como yo era suyo. Y tumbada allí con su reconfortante aliento cálido envolviendo mi cuerpo desnudo, supe que los dos íbamos a vivir felices para siempre.

Epílogo

Cali

Desperté la mañana después de la fiesta de compromiso de Remy, sintiéndome como si un tren me hubiera arrollado. Teniendo en cuenta cuánto había bebido, me sorprendió incluso haber despertado. Rara vez bebía tanto y tenía claro que no debería haberlo hecho la noche anterior.

Hil pensaba que mi borrachera estaba propulsada por una especie de coraje líquido. En cierto modo, tenía razón. Pero no era el coraje para actuar como la distracción que Remy necesitaba para su plan. Era algo mucho más profundo.

Meses atrás, Armand había secuestrado a Hil. Sentí la necesidad de dispararle a alguien antes de liberarla, así que le permití que me disparara a mí. Fue en la pierna y, aunque no fue fatal, lo odié por eso. Si hubiera podido, le habría arrancado la cabeza por lo que nos había infligido a Hil y a mí.

Pero eso fue antes de que volviera a casa y me reencontrara con mis hermanos recién descubiertos. Durante nuestra siguiente conversación en grupo, Claude compartió una noticia impresionante. Durante meses, habíamos estado intentando obtener cualquier información que pudiéramos de nuestras madres sobre el padre que compartíamos. Resultó que Claude había encontrado su nombre.

Cuando lo mencionó, Claude preguntó si lo reconocía. Le dije que no. Pero eso fue una mentira. Lo había reconocido.

Nuestro padre era Armand Clément. El hombre que me había disparado era mi padre. La mujer con la que Remy estaba obligado a casarse era mi hermana. Y puesto que amaba a Hil, había accedido a ayudar a mandar a mi padre a prisión de por vida.

Estaba lidiando con demasiado. Beber parecía la única forma en la que podría enfrentarlo. Y dado que todos seguíamos con vida, supuse que mi plan había funcionado. Mi padre estaba detenido y bajo custodia del FBI.

¿Había cometido un error? No tengo la menor duda de que Armand es un hombre malo y peligroso. Pero, considerando que logró conquistar no solo el corazón de mi inteligente madre, sino también los de las madres de mis hermanos, ¿no demostraría eso que hubo algo más en él en algún momento? ¿Se había perdido ese lado de él de forma irreversible? ¿Si le hubiese contado quién era yo, habría cambiado algo?

Ya era demasiado tarde para cuestionarse, pero si tuviera la oportunidad de hacerlo de nuevo, tomaría un camino diferente. Si él no fuera a pasar el resto de su vida en prisión, habría revelado a mis hermanos quién era él. En lugar de rechazarlo, habría pedido a mis hermanos que me ayudaran a conectar con él.

Trabajando juntos, podríamos haberlo cambiado. Remy lo presentó como si estuviera más allá de la redención, pero siempre hay una oportunidad, ¿verdad?

En cualquier caso, eso es lo que habría hecho si Armand no estuviera ya bajo custodia del FBI. Pero al ver a Hil durmiendo a mi lado tan plácidamente, estaba seguro de que la amenaza a su vida había sido eliminada.

Si las cosas fueran diferentes... si tuviera una segunda oportunidad para conectar con mi padre, estoy seguro de que las vidas de todos en casa cambiarían para siempre. Si tan solo tuviera esa segunda oportunidad.

*****

Avance:
Disfrute de esta vista previa de 'Mi jefe jugador de fútbol cascarrabias':

Mi jefe jugador de fútbol cascarrabias
(Romance masculino / femenino)
Por
Alex (MF) McAnders

Derechos de autor 2021 McAnders Publishing
All Rights Reserved

Cali, un malhumorado jugador de fútbol americano universitario, tiene demasiadas cosas que hacer como para convertirse también en el anfitrión del Airbnb de su familia en su pequeño pueblo, pero cuando su madre resulta herida en un accidente de tráfico, no le queda más remedio que hacerlo. Lo bueno es que Hil, una chica curvilínea con una actitud optimista irresistible, aparece para ayudarlo.

¿Está allí porque su peligroso pasado fue el que provocó el accidente de la madre de Cali? ¿O es porque sucedió en medio de su misión para perder su "tarjeta-V" y el jugador de fútbol cincelado con hoyuelos para varios días era el chico más guapo que jamás había visto?

Trabajar juntos podría derretir el corazón helado de Cali, pero él tiene sus propios secretos. ¿Los secretos del jugador de fútbol sobreprotector podrían matarlo cuando lo que causó el accidente ataque de nuevo?

¿Ser de mundos diferentes podría no ser lo único que impida que la pareja sea feliz para siempre en este excitante y sorprendente romance de grumpy/sunshine?

*****

Mi jefe jugador de fútbol cascarrabias

Se inclinó y cogió mi mano. Su piel cálida junto a la mía me provocó un hormigueo en todo el cuerpo. La deseaba. Nunca había estado tan excitado en mi vida. Pero también quería respetarla. No quería hacer nada para lo que ella no estuviera preparada.

Por esa razón, contuve mi deseo. Casi me rompe, pero lo hice. Entramos en la habitación sin soltarnos las manos. Fue extraño ver las cosas de Hil esparcidas en mi espacio personal. Me gustó. No podría haber adivinado que me gustaría tanto.

—¿Tienes que regresar al campus por la mañana? —preguntó Hil mientras deambulaba sobre su bolsa de viaje.

—Sí. Pero regresaré temprano para ayudar a mamá a instalarse.

—Voy a hacer waffles.

—Me encantan. Creo que a mi mamá también le gustarán —dije comenzando a relajarme—. Probablemente deberíamos irnos a dormir. Estoy pensando que mañana va a ser un día largo.

—Vale —dijo nerviosa.

Ver lo nerviosa que estaba solo me hizo desearla más. Quería abrazarla y consentirla. Quería protegerla. Y aunque lo admitiera o no, quería penetrarla lentamente y escuchar sus gemidos suaves.

Me di la vuelta cuando empecé a palpitar. No sabía cómo iba a hacerlo. Me estaba costando todo no cruzar la habitación, cogerla entre mis brazos y arrojarla a la cama.

—¿Qué pasa? —preguntó, y envolvió ligeramente mi bíceps con sus dedos.

Podía sentir el calor de su cuerpo. Mi corazón palpitaba de deseo. ¿Sabía lo que me estaba causando? Ella no podía saber lo que su toque estaba a punto de desatar. Leer más ahora

Avance:
Disfrute de esta vista previa de 'Mi tutora':

Mi tutora
(Romance masculino / femenino)
Por
Alex (MF) McAnders

Derechos de autor 2021 McAnders Publishing
All Rights Reserved

EL PROBLEMA DE CAGE: necesita aprobar esa clase o no podrá jugar al fútbol, no será seleccionado y no se convertirá en la estrella de la Liga Nacional de Fútbol Americano que está destinado a ser.

EL PROBLEMA DE HARLEQUIN: la gente.

Por suerte, a Cage le va muy bien con la gente. Apenas lo conocen, todos se enamoran de él, incluida Harlequin. Y Quin es la chica más inteligente de la clase.

Entonces, ¿cuál es el problema? Cage, el hermoso mariscal de campo, tiene novia. Y Quin, que entiende cómo funciona todo en el mundo, no comprende a los chicos, no sabe de relaciones ni tampoco entiende a las personas.

Pero, cuando se ponen de acuerdo para ayudarse el uno al otro con lo que a cada uno se le da bien, la temperatura subirá más que unos pocos grados. Eso los llevará a Snowy Falls, un pequeño pueblo que les causará aún más problemas a los protagonistas de este caliente romance deportivo.

Hombres para desmayarse. Una historia con giros y sorpresas. Una tensión sexual ardiente. Ideal para los amantes de los romances universitarios y deportivos de Ilsa Madden-Mills.

Nota: Este libro es parte de la colección Amor es Amor, del mismo autor, y está disponible como un romance picante en Mi tutora, *como un romance tierno en* Hasta el final *y como un romance entre dos hombres en* Serios problemas.

*****

Mi tutora

Nos envolvía un silencio ensordecedor. No podía soportarlo más. Cage estaba tan cerca que era una tortura no tocarlo. Tenía que al menos ver el hermoso cuerpo cuyo calor me consumía. Así que, como si fuera lo más natural del mundo, rodé y me acosté de lado.

Oculta en las sombras, abrí los ojos. Él también estaba de lado, frente a mí. Tenía los ojos cerrados. Tal vez estuviera dormido. Si lo estaba, podía mirarlo sin que nada me lo impidiera. Podía examinar el contorno de su rostro anguloso y masculino.

Cage era el hombre más hermoso que hubiera visto en mi vida. El cabello ondulado caía sobre su frente; los anchos hombros estaban descubiertos; el pecho tenía algo de vello. Sentía el deseo desesperado de tocarlo. El calor de su piel junto a la mía era suficiente para abrigarme por el resto de mi vida.

Necesitaba estar más cerca de él, así que moví una mano hacia el espacio de la cama que quedaba entre nosotros. Estaba a unos centímetros de su cuerpo dormido, pero no me atrevía a acercarme más. Aunque lo deseaba. Lo deseaba muchísimo, pero sabía que no podía… Hasta que, como si hubiera sentido mi acercamiento, Cage movió su mano a menos de dos centímetros de la mía.

Podía sentir su calor en mí. Apenas podía respirar. El corazón me latía muy fuerte. Abrí la boca. No podía soportarlo más. Necesitaba estar más cerca. Estar lejos de él me dolía demasiado.

Lentamente, estiré los dedos. No eran lo suficientemente largos. Él estaba ahí. Podía sentirlo. Tendría que mover toda la mano si quería tocarlo. Sin embargo, ¿podía hacerlo? ¿Debía hacerlo?

Al final, esa vacilación no importó porque, como si él también lo necesitara, acercó su fuerte mano a la mía y la colocó encima. Fue él quien lo hizo. Podían ser los reflejos de alguien dormido, pero me pareció que no lo eran. Él quería tomar mi mano y yo quería tomar la suya.

Así que moví los dedos con delicadeza y dejé que los suyos cayeran entre los míos. Cuando lo hicieron, los volví a mover, para que estuvieran en contacto. Era todo lo que había soñado. Intentaba respirar sin hacer ruido, pero era el momento más erótico de mi vida. El contacto

con su piel se sentía como un viento que se arremolinaba
sobre mi cálido cuerpo desnudo.

Estaba enamorada de Cage. Ya no podía negarlo.
Estábamos tomados de las manos bajo la luz de la luna.
No había otro lugar del mundo en el que hubiera
preferido estar.
Leer más ahora

*****

www.ingramcontent.com/pod-product-compliance
Lightning Source LLC
Chambersburg PA
CBHW032008150726
47990CB00005B/1879